いずれ最強の錬金術師？

SOMEDAY WILL I BE THE GREATEST ALCHEMIST?

11

小狐丸

KOGITSUNEMARU

マーニ
兎人族のセクシー美女。
タクミの奥さんその3。
ソフィア
タクミの
護衛を務める
エルフの剣士。
タクミの奥さん
その1。
春香
タクミとマリアの子。
マリア
家事もバトルも
こなす美少女
メイド。
タクミの奥さん
その2。
タクミ
ちょっぴり臆病な本作の主人公。
剣と魔法の異世界に転生したが、
喧嘩もしたことがないので
生産職を究めようと決意する。
フローラ
タクミとマーニの子。

バンガ
元ボード村の猟師さん。
聖域に移住してきた。
ダンテ
ソフィアの父親。
意外にも子煩悩？
エトワール
タクミとソフィアの子。
登場人物紹介
CHARACTERS

1　オモチャを作ろう

僕、タクミの奥さんである、エルフのソフィア、人族のメイドのマリア、兎人族《うさぎじんぞく》のマーニ、それぞれのお腹が膨らんできたような気がする今日この頃。我が家にいるのに、どういうわけかリビングで寛《くつろ》げない僕は、我が家の中で工房が唯一気の休まる場所になってしまっていた。

その原因は勿論《もちろん》──我が家のリビングで頻繁《ひんぱん》に催《もよお》される、エリザベス様、フリージアさん、ルーミア様三人によるお茶会のせい。

エリザベス様は僕の家で書類仕事を任せている文官シャルロットのお母さんで、ボルド男爵家の当主。フリージアさんはソフィアのお母さんで、騎士爵とはいえ一応貴族家の当主の夫人。ルーミア様は言わずもがな、ユグル王国の王妃だ。

せめてお隣のミーミル様の家ですればいいのに、どうして僕の家なんだよ。

特にルーミア様。お願いだから、娘のミーミル様の家でお茶会をしてください。心労で僕の胃がもちません。

「タクミ様も大変でありますね」

「母上が申し訳ありません」

レーヴァが慰《なぐさ》めてくれ、続いてソフィアが謝ってきた。

言うまでもなくソフィアが悪いわけじゃない。フリージアさんだって、生まれてくる孫が楽しみなだけで悪気《わるぎ》がないのは分かっている。ただ、少し行動が極端なだけだ。

いずれにしてもリビングがそんな三人に占領されているので、僕は工房にいる事が多い。そうなるとソフィアやマリア、マーニが工房で過ごす事も多くなるわけで……

それで妊婦に殺風景《さっぷうけい》な工房は良くないと、テーブルやソファーを置いたんだよね。工房は広くてスペースに余裕があるし。

「今、フリージアさんやエリザベス様達が何してるか知ってます？」

「えっ？　リビングでお茶を飲んでいるんじゃないの」

マリアがニヤニヤして聞いてくるが、何故《なぜ》か分からない。我が家のリビングでお茶会をしていたはずだけど。

「フフッ、お茶会はお茶会ですけど、編《あ》み物《もの》しながらですよ」

「あ、編み物って……まさか」

「私達の赤ちゃんのために、靴下《くつした》を編んでくれているそうです」

「なっ!?」

手先の器用《きよう》なマリアやマーニが自分達の赤ちゃんのために、帽子《ぼうし》や靴下を編むのは分かる。けれど、何故にフリージアさん達が？

「申し訳ありません」

「いや、ソフィアが悪いわけじゃないし、ありがたい話だから……多分《たぶん》」

どうやら、次のような経緯があったらしい。

編み物が苦手なソフィアを見かねたフリージアさんが、ソフィアの代わりに赤ちゃんの帽子や靴下を嬉々《きき》として編んでいた。それを見て羨《うらや》んだのが、エリザベス様とルーミア様。赤ちゃんが三人も生まれるのだから私達も協力しないとね……と訳が分からない理屈だ。

「もう、何が起きても気にしないスタンスじゃないと、タクミ様が疲れますよ」

「うん、出来るだけそうするよ」

マーニに慰《なぐさ》められ、あの三人の事は一旦《いったん》考えない事にする。

因《ちな》みに、マーニはいつも獣人族らしい肌の露出が多い服を好んでいたんだけど、妊婦なので流石《さすが》に大人しい服装に落ち着いている。


ソフィア達が工房のソファーでお茶を飲んでいるのを意識の外に追いやり、僕は作業用のテーブルに着く。

さて、赤ちゃん用品を色々と作ったんだけど、まだまだ作りたい意欲は衰《おとろ》えない。

揺《ゆ》り籠《かご》に始まり、ベビーベッドやベビーカー、紙おむつにお尻拭《しりふ》きと作ってきた。

そして僕が次に手掛けるのは、赤ちゃん用のオモチャだ。

知育玩具《ちいくがんぐ》というのを聞いた事がある。遊びながら子供の頭脳の成長を助けるのか……まあ、よくは分からないけど、日本でも色んなオモチャがあったのは憶《おぼ》えている。

当然、生まれたての新生児が遊べるオモチャなんてあんまりないと思うんだけど、確かベビーベッドに取り付けるメリーとかいうのがあった気がする。オルゴールの音を鳴らしながらクルクルと回って、赤ちゃんをあやすオモチャだ。

早速《さっそく》、メリーの基礎部分をささっと作り、ゾウ、キリン、ウサギ、小鳥を可愛くデフォルメした飾《かざ》りを付けていく。

回転部分には、低速でゆっくりと回るように術式《じゅつしき》を描き込んだ魔導具《まどうぐ》を設置。さらに、回転を利用してオルゴールの爪《つめ》を弾いてメロディーが鳴るようにする。

ぶら下げる飾りの種類や色を変え、同じようなメリーを合計三人分作った。

ソファーに座るマリアとマーニの会話が聞こえてくる。

「タクミ様がまた何か作り始めましたね」

「タクミ様は、物を作る事が仕事ですからね」

「でも流石に私達の妊娠が分かってからのタクミ様は、何かタガが外れた気がします」

「フフッ、良いじゃないですか。赤ちゃんのための物ばかりなのですから」

マリアが言う通り、自分でも少しタガが外れている気はしないでもない。だけど男親に出来る事って少ないからね。だからだと思う。

さて、次は積み木《つき》でも作ろうかな。

積み木は、木を四角や三角、丸や円柱にすれば良いだけなので、作るのはあっという間だ。

おお、そうだ。赤ちゃんが齧《かじ》ったり出来るのを作ろう。歯《は》が生えそうな時期は色んな物を齧りたくなるって聞いた事がある。

形や硬さを色々変えて、尚且《なおか》つ危険のない素材と形で作る。

あっ、ガラガラも作ろうかな。

起き上がり小法師《こぼし》は古いか。

そんなこんなで、僕は前世で見た事のある赤ちゃん用のオモチャを、片《かた》っ端《ぱし》から作っていった。

あとでソフィア達から少し自重《じちょう》してくださいと言われるも、後悔はしていない。ただ、パペックさんにはバレないようにしよう。

2　穏やかな一日

エリザベス様やフリージアさんが僕の屋敷にいるのが普通にさえ思えてきた今日この頃、僕は庭のテーブルでお茶を飲んでいた。

因みにルーミア様はミーミル様の屋敷で暮らしているはずなんだが、ほぼ毎日我が家に来て女子会を開いている……ユグル王国に帰らなくて大丈夫なんだろうか？

それはさておき、ソフィア、マリア、マーニのお腹がさらにふっくらとしてきた。

ソフィアは運動するのを制限されてストレスを溜めているかなと思ったけど、フリージアさんに振り回されているのが逆に良いストレス発散になっているのか、イライラしている様子はない。

マリアからは、お母さんになるのが純粋に嬉しいというのが伝わってくる。得意の裁縫《さいほう》や編み物で赤ちゃん用品をせっせと作っている。

マーニは三人の中で一番悪阻《つわり》が軽かったせいか、赤ちゃんが生まれるまでのこの期間を楽しんでいる感じだ。悪阻が軽いのは獣人族の種族特性らしい。

庭でお茶を飲んでいる僕の視界の先、少し離れたテーブルで同じようにお茶を飲むのは、いつもの如《ごと》く三人の貴婦人方。

何故か、それぞれの膝《ひざ》の上にケットシーのララ、猫人族《ねこじんぞく》のサラ、人族のシロナの幼女三人組を乗せていた。

「ほら、ララちゃん、お口が汚れていますよ」

「このケーキ美味《おい》しいニャ〜！」

「サラちゃん、こっちのケーキも美味しいわよ」

「ニャ〜！　ケーキがいっぱいニャ〜！」

「シロナちゃん、ジュースもあるわよ」

「ありがとう、ルーミアさま」

幼女三人組を見たエリザベス様、フリージアさん、ルーミア様の三人は、瞬時にその心を鷲掴《わしづか》みにされたみたい。

まだ幼《おさな》く仕事の割り当ての少ないララ、サラ、シロナの三人は、もともとちょくちょく僕の屋敷に遊びに来ていた。そこで、貴婦人方に見つかってしまったようだ。

ユグル王国の王宮では、王女のミーミル様以降何年も子供が生まれていない。そんな事情があって久し振りの子供に浮足立つルーミア様は勿論の事、エリザベス様もシャルロットを育て上げてから小さな子供と触れ合う機会はなかった。フリージアさんも、ソフィアの弟のダーフィが小さかったのはもう何十年も前の話だ。

貴婦人方はララ達をあやす事で、生まれてくる赤ちゃんのお世話の予行演習をしているのだろうか。

そんな事を思いつつ視線を移すと、ケットシー姉妹のお姉ちゃんであるミリ、人族姉妹の姉のコレット、エルフ姉妹のメラニーとマロリーが、ソフィア達のお腹を触らせてもらっていた。

因みに、猫人族兄妹の兄であるワッパは男友達と遊びに行っているらしい。男の子と女の子は、だんだんと別々に集まって遊ぶようになるものなんだね。僕の子供の頃を思い出してもそうだった。女の子の中に交ざるのは照れくさくなってくるからね。

「ソフィアさんの赤ちゃん楽しみ。生まれたら抱かせてね」

「私も！　私も！」

「ええ、生まれたら仲良くしてね」

エルフの姉妹、メラニーとマロリーがソフィアのお腹を撫《な》でて嬉しそうだ。

メラニーとマロリーは、ユグル王国にいた時には小さな子供と触れ合う機会がなかったらしく、同族の赤ちゃんが生まれてくるのをとても楽しみにしてくれている。

「マリアさん、マーニさん！　私も生まれたら抱かせてね！」

コレットも女の子だからか赤ちゃんには興味津々《きょうみしんしん》で、マリアやマーニのお腹を触らせてもらっていた。

人族や獣人族は繁殖力が高いので、何処《どこ》の国でも子供の姿は珍しくない。とはいえ、極貧の生活環境で育ったコレットやワッパは、飢《う》えや寒さで亡《な》くなっていく小さな子供をたくさん見てきた。

だからこそ、飢える事なく、雨風にさらされる事もなく、清潔な環境で大人に護《まも》られる暮らしの中で、新しい生命の誕生を心から歓迎し喜ぶ事が出来る、そうした状況が何より嬉しいみたいだった。

そんな光景を眺めながらのんびりしていると、ボード村から聖域に移住してきたバンガさんとマーサさんが訪ねてきた。

「おうタクミ、ウサギのお裾分《すそわ》けだ」

「卵も持ってきたわ、タクミちゃん。ソフィアちゃん達に精《せい》を付けてもらわないとね」

「ありがとうございます。バンガさん、マーサさんもお茶を飲んでいってください」

バンガさんが両手にウサギを四羽ぶら下げ、マーサさんは籠に卵をいっぱい持ってきてくれた。

バンガさんは、移住してからも以前と同じように狩りをしていた。マーサさんには僕からお願いして、鶏《にわとり》に似た鳥を飼育してもらい、卵の生産をしてもらっている。

持ってきてくれた物をメイド達が受け取ると、僕は二人と一緒にお茶を飲む。

「しかしタクミちゃんがお父さんとはね〜。自分の孫が生まれるような気分だわ」

「なに、俺達の孫も同然だぜ。何せ俺達はタクミの親みたいなもんだからな」

「ハハッ、そうかもしれませんね」

実際、初めてこの世界に降り立ち、右も左も分からない僕を、無条件に優しく受け入れてくれたバンガさんとマーサさんは、本当に親のように感じている。

このお二人がいなかったらと思うとゾッとする。

悪意を向けられる事も多いけど、それを含めても良い人達との出会いに恵まれているとつくづく思うよ。

3　初めての子

時が経つのは早いもので、ソフィア、マリア、マーニのお腹はさらにさらに大きくなり、シルフ、ウィンディーネ、ドリュアス、セレネーら大精霊達が僕の屋敷にいる事が多くなった。

それは、三人の予定日が近づいてきた事を示している。

結局、フリージアさんはユグル王国に一度も戻る事なく、仕方ないので旦那《だんな》さんのダンテさんに手紙を書くようにお願いした。

勿論、僕もソフィアも、ダンテさんに事情を説明する手紙を書いた。

ダンテさんからは、「迷惑をかけるが、フリージアの気の済むようにさせてほしい」と返事が来た。フリージアさんの尻に敷かれているように思えるが、ダンテさんの包容力があってこそだな……そう思いたい。

なお、エリザベス様も王都に戻る気配を見せない。

エリザベス様の父親であるパッカード子爵が迎えに来た事もあったが、それでもエリザベス様は帰らなかった。バーキラ王国の貴族なのに良いのだろうか？

そして、ルーミア様。

流石にユグル王国の王妃なので、聖域で暮らすのは無理だと思うのだけど……二度ほど帰っただけで、直ぐに戻ってきている。

ルーミア様専属の侍女も増え、「隠居《いんきょ》して聖域でミーミル様と住む」と言い出しユグル王を困らせているようだ。

そのルーミア様、ケットシーの姉妹ミリとララをよほど気に入ったらしく、膝の上に乗せ頻繁にモフッているのを目にする。

◇

そうした何でもない日常を過ごしていたある日、とうとうその時はやって来た。

ソフィアの陣痛が始まったんだ。

「ちょっと！　廊下をうろうろ熊《くま》みたいに歩かないでよ！」

「そうですニャ。タクミ様、落ち着いてニャ」

「あ、ああ、ごめん」

ソフィアがいる部屋の前で落ち着きなくウロウロしていると、僕と同じ日本出身のアカネとその従者の女の子ルルちゃんに叱《しか》られる。

部屋の中には、ソフィアは勿論だけど、産婆《さんば》さんの技術を持つメイドのメリーベルと助手にマーベル、それとシルフ、ウィンディーネ、ドリュアス、セレネーの大精霊達がもしもの事がないようにと見守っている。

実際、僕に出来る事は少なく、回復魔法くらいなら力になれるんだけど、セレネーがいるからね。

気持ちを落ち着けようと、廊下に置かれた椅子に座る。


カタカタカタカタカタカタ……


「タクミ様、貧乏《びんぼう》ゆすりがウザいであります」

「あっ、ご、ごめん」

自分でも気付かないうちに、貧乏ゆすりしていたみたいだ。レーヴァに注意された。

「父親になるんだから、もっとドッシリと構えていれば良いのよ」

「はぁ、フリージアさんは落ち着いてますね。心配じゃないんですか？」

娘の初めての出産だし、初孫だから少しは僕の気持ちが分かると思っていたフリージアさんは、何故か平常運転だった。

「それはね、シルフ様達がいるからよ。大精霊様に見守られた出産だもの。無事に生まれてくるに決まってるわよ」

「そういうものですか？」

「そういうものよ。私達エルフにとって大精霊様達は絶対的な信仰の対象。そんな方々がいるんだから大丈夫よ」

改めてエルフにとって大精霊という存在は大きいんだと思った。その存在だけで娘の出産を安心して待てるなんて……普段のシルフやドリュアスを見ている僕には無理だな。

その後、フリージアさんから初産《ういざん》は時間がかかるからお茶でも飲まないかとリビングに誘われたけど、僕は部屋の前から動けなかった。

フリージアさんはアカネとルルちゃんを連れてリビングに行っちゃった。

レーヴァが飲み物を持ってきてくれたり、メイドが軽食を持ってきてくれたり、シャルロットが書類を持ってきたり……最後のはどうかと思うけど。

前世を含め、僕にとって初めての経験だから落ち着かない。役に立てない自分にもどかしさを感じつつ、そんな時間が六時間続いた。

どのくらいの時間がかかるのか、平均が分からない。

そしてフリージアさん、アカネ、ルルちゃん、レーヴァと雑談していた時だった。

オギャー！　オギャー！　オギャー！

僕達は全員ガバッと立ち上がって部屋のドアを見る。

ガチャ、ドアが開いてメリーベルが出てきた。

「……おめでとうございます、旦那様。元気な女のお子様です。ソフィア様もご無事です」

「おめでとうタクミ」

「おめでとうニャ」

「おめでとうであります」

アカネ、ルルちゃん、レーヴァが祝福してくれ、僕は思わず大声を上げてしまう。

「い、や、やったぁーー!!」

あまりに嬉しくてその場で飛び上がって喜んでしまったら、メリーベルやフリージアさんから叱られてしまった。

けど、仕方ないよね。

◇

それからしばらくして、いよいよ面会する事になった。

「念のため、浄化をしてから入室してください」

「了解」

メリーベルから浄化魔法を使うように言われ、僕は全員にかける。

「では入室してもいいですが、くれぐれもお静かにお願いしますね」

「分かってるよ」

そおっと部屋の中に入ると、ベッドに横たわりその手に生まれたばかりの赤ちゃんを抱くソフィアがいた。

ソフィアとはいえ、流石に少し疲れた様子が見て取れる。でも、それ以上にその表情は柔らかく慈愛に満ちていた。

「ほら、タクミさん、抱いてあげて」

「タクミ様、抱いてあげてください」

「う、うん」

フリージアさんとソフィアから促され、怖々《こわごわ》赤ちゃんを抱き上げる。

……小さい。

とても頼りなく、親の庇護《ひご》がなければ生きられない存在。

抱いた瞬間、護ってあげないと、と思った。

妊娠期間から長い時間を共に過ごしてきた母親と違い、この抱き上げた瞬間に僕は、本当に父親になったんだと自覚出来た。

「ありがとう、ソフィア」

「いえ、私こそタクミ様に感謝してもしきれません」

改めて、生まれた我が子を見る。

女の子だからか、生まれたばかりにしては髪の毛は多い。

その髪の毛は、僕に似て銀色に輝いていた。それでいて、多分顔立ちはソフィア似なのかな？

まだ生まれたばかりだから分からないけど。

「ちゃんと耳が長いね」

「はい」

僕が赤ちゃんの重みを噛み締めていると、フリージアさんが我慢出来なくなったのか、騒ぎ出した。

「タクミ君、もういいでしょ。次は私の番よ」

「わ、分かりましたから、急《せ》かさないでください」

そっとフリージアさんに赤ちゃんを渡すと、流石は二人の子供を育てた母親だけあって、赤ちゃんを抱く姿は様《さま》になっていた。

「次は私ね。シルフィード家に連なる子に祝福を」

「私にも抱かせてね～。新しい家族に祝福を」

「あっ、私も私もー！」

フリージアさんに続いて、シルフが赤ちゃんを受け取った。どうやら祝福を授けたみたいだけど、ドリュアス、ウィンディーネ、セレネーと代わる代わる赤ちゃんが渡されていって　皆《み》んな祝福を授けてるように見えるんだけど……

ちょっと不安になって、ソフィアに尋ねる。

「ねえ、あれは大丈夫なの？」

「……多分、大丈夫かと。大精霊様から祝福される子供なんて、ユグル王国でもここ千年記録にないので、問題と言えば問題ですが」

「……それは大丈夫だとは言わないね」

いつの間にか、ルーミア様まで赤ちゃんを抱いて嬉しそうにあやしている。

「ふフッ、銀髪のエルフなんて珍しいですね。大精霊様達の祝福を受けた稀有《けう》な子。国にバレたら大変ね。だって王家の誰も祝福なんて授かってないものね」

ルーミア様が聞き捨てならぬ事を言ったので、僕は慌てて言う。

「ルーミア様、出来れば内密にする方向で」

「あら、そんなの無理よ。精霊は自由ですもの。シルフィード家に連なる血筋の赤子が生まれたのだから、自由な風精霊がはしゃいで、直ぐに国には伝わるわ」

「えっ！」

「ああ、安心してちょうだい。何もユグル王国の国民全員に知られるわけじゃないわ。風精霊と結びつきが強い者だけよ」

「いや、全然安心出来ませんよ」

僕がガックリと肩を落としている間も、大精霊達、フリージアさん、ルーミア様が赤ちゃんを囲んでいた。

やがて――

パンッ、パンッ、パンッ！

「ハイハイ、皆様方、ソフィア様もお子様もお疲れです。面会はまた明日にしてくださいませ」

見かねたメリーベルが赤ちゃんを取り上げ、そのままベッドに寝かせた。

「そうね。私達には考えないといけない事もあるし、リビングに参りましょうか」

「そうね。色々と候補を出さないとね」

「フフッ、お姉ちゃんに任せなさい」

「よし、じゃあリビングでお菓子を食べながら会議ね」

ルーミア様が何か決める事があると言い出し、それにシルフとドリュアスが賛同し、お菓子を食べながら会議だと言ったのはセレネーだ。

ウィンディーネに至っては、既《すで》に何かを考え始めているようだった。

あっという間にぞろぞろと出ていったルーミア様と大精霊達を見送り、僕はソフィアに声をかける。

「もしかして、あれって名前を考えようとしているよね」

「間違いないと思います。母上も一緒に付いていきましたし」

「いや、初めての子供の名前くらい、僕とソフィアに付けさせてよ」

「ま、まあ、色々と候補を挙げてもらうと考えればいいのではないでしょうか」

「うーん。参考になるなら良いのか」

「そうですね。大精霊様達やルーミア様に名前を考えていただけるなんて、光栄な事だと思いましょう」

そういえば僕は、この世界に名前を付ける時の決まりがあるのかどうかさえ知らないんだよな。

ひょっとすると、種族や氏族ごとにあるのかもしれない。

出来れば自分達で考えたいけど、ここは皆さんの知恵も借りるとしようかな。

4　名付けでモメる

ソフィアが眠ったので、僕も部屋を退出しリビングへと向かった。

そこでは、僕とソフィアを差し置いて、赤ちゃんの名前を考えている光景が目に入ってきた。

「やっぱり風の精霊に関係する名前が良いと思うわ」

「あら、水に関係する名前が良いに決まってるじゃない」

「フフッ、私は植物かお花に関係する名前が良いと思うの〜。だって女の子でしょ」

「光、光が良いわ。だって光り輝く銀髪よ」

シルフを筆頭に、ウィンディーネやドリュアス、セレネーが自分の属性に関係する名前が良いと主張している。

「……闇か夜を連想する名前は？」

「いや、闇はねえだろう。ここは男らしく火だ」

「頭は大丈夫か、サラマンダー。生まれたのは女の子じゃ。ここは大地や土に関係する名前が適当じゃと思うぞ」

さっきまでいなかったのに、いつの間にか闇の大精霊ニュクスや火の大精霊サラマンダー、土の大精霊ノームまで参加している。いやニュクス、僕も闇や夜を連想する名前はどうかと思うよ。

「大精霊様方には申し訳ありませんが、孫の名前は私が決めたいと思います」

「あら、ユグル王国でも初の大精霊様方に祝福を受けた子ですよ。王妃たる私が名付け親になるのが良いのでは？」

フリージアさんとルーミア様も遠慮する気がない。

「名付け親かぁ〜、良いわね」

「ルルも考えるニャ」

「ほほぅ、名付け親とは良い響きでありますな」

アカネやルルちゃん、レーヴァまでノリノリだ。

何度も言うようだけど、僕とソフィアの子供なんだけど……

そこへ、執事のジーヴルから来客を知らされる。

「バンガ様とマーサ様が見えられています」

「あ、ああ、バンガさんとマーサさんが？　何だろう。あぁ、僕が行くよ」

ジーヴルにそう言って玄関へと向かう。

バンガさんとマーサさんは、手荷物を持って立っていた。

「おお、タクミ、おめでとう！　子供が生まれたって聞いたぞ！」

「おめでとう、タクミちゃん。タクミちゃんもお父さんになったのね」

「えっ、もう知ってるんですか？」

生まれたばかりなのに、どうしてだろう。

「おう、何かケットシーやエルフから聞いてな。祭りだとか言ってたぜ」

「精霊様が聖域中を飛び回って祝福しているのよ。私達は人族だから見えないんだけどね」

「……は、ははっ、そうだったんですね」

「じゃあ俺達は帰るわ」

バンガさんとマーサさんは持ってきたお祝いを僕に渡し、そのまま帰ろうとした。

「赤ちゃんの顔を見ていかないんですか？」

「タクミちゃん、ソフィアさんも疲れているでしょうし、赤ちゃんにもいつでも会えるわ。ちゃんとしたお披露目《ひろめ》の時を楽しみにしているわ」

「そうですか。今日はありがとうございます」

「なに、俺達の仲じゃないか。タクミは一度に三人のオヤジになるんだ。頑張れよ」

「は、はい」

バンガさんは僕の背中をバンバンと叩き、二人は帰っていった。

お披露目しないとダメなのかなぁ……なんて考えながらリビングに戻ると、シルフ達やフリージアさん達の名付け親争奪戦はまだ繰り広げられていた。

「フローラなんてどうかしら～。花のように美しく育つと思うわ～」

「テンペスタなんてどう？　強そうでしょ」

「ダメよシルフ、女の子なのよ」

ドリュアスのセンス、悪くないな。フローラ……ありかもしれない。

シルフよ、テンペスタはないぞ。流石に僕も女の子にそんな名前は付けたくない。ウィンディーネにダメ出しされて膨れないの。

「ユーミルなんてどうでしょう？」

「ルーミア様、それは問題あります」

ルーミア様が自分やミーミル様に連なる名前を推し、フリージアさんがそれにNGを出した。

「ルミエールが良いよ。輝く子に相応《ふさわ》しいわ」

「……エトワールが良い」

ルミエールか、セレネーのセンスも悪くないな。意外と言っては何だけど、ニュクスのエトワールも悪くない。

「春香《ハルカ》なんてどう？　字面《じづら》も良いし、女の子らしい名前でしょう？」

「ハルカニャ？」

「アカネ殿の故郷の名前でありますか？　そういえば、カエデやツバキもそうでありますな」

春香か、綺麗《きれい》な名前だな。

アカネは日本人らしい名前を薦《すす》めてきた。レーヴァが言うように、アラクネ特異種のカエデや、グレートドラゴンホースのツバキの名前も和風だからそう思うと悪くないな。

そんなこんなで、結局、我が家のリビングで行われた名付け親争奪戦は、ひとまず水入りとなった。

何故かと言うと……マリアが陣痛を訴えたからだ。

5　三人とも……

マリアの出産は比較的安産だったんじゃないだろうか。ソフィアも初産なら軽い方だとフリージアさんは言っていた。

そして驚いたのが兎人族のマーニだった。獣人族の特性としてお産《さん》が安産らしく、それこそ陣痛が来たと思ったら、あっという間に生まれていた。

そんなわけで、ソフィアの産んだ子の名前を決めるどころか、三人の名前を考えないといけなくなった。

マリアの産んだ子供は、マリアの赤髪と僕の銀髪が合わさったからなのか、桜色の髪が愛らしい女の子。

マーニの産んだ子供は、白に近い銀髪とウサギ耳のこれまた女の子。

そう、三人とも女の子だったんだよね。

僕は、男でも女でも無事に生まれてきてくれれば良いと思っていたから、何も思わないのだけれど、ソフィア達はイルマの名を継ぐ男の子を次こそはと思っているらしい。

しかし女の子三人かぁ……

嫁にやりたくないなぁ。

生まれたばかりでこんな事を考えてしまう僕はおかしいのだろうか。いや、普通だと思う。

そして、再燃する名付け問題。

「三人生まれたんだから、もう一度考え直さないと」

「そうね。人族も兎人族も平等に祝福を与えたんだもの。私達が名前を付けても問題ないわ」

「フフッ、タクミちゃん、お姉ちゃんに任せなさ〜い」

再び張りきる、シルフ、ウィンディーネ、ドリュアス。

「私にもチャンスはありますわよね」

「ルーミア様、まず祖母の私が優先だと思うのですが」

まだ名付け親になる野望を捨てていないルーミア様を、フリージアさんが目をギラリとさせながら窘《たしな》める。

「まあまあ、母親のソフィア達の意見も大事だから、皆んなで話し合わない？」

「そうでありますな」

「……うん、母親の意見も大事」

「じゃあソフィア達と会議ね」

アカネがソフィア達と相談するべきだと彼女らしからぬ真っ当な意見を言うと、レーヴァとニュクスが、その意見に賛成した。最後にセレネーがぼそりと言ったところで、皆んなでソフィア達を呼びに行ったのだった。


そんな最中、僕は、部屋割りで悩んでいた。

ソフィア、マリア、マーニは、それぞれ個室を持っている。今はその部屋で赤ちゃんを別々にベビーベッドに寝かせているんだけど、赤ちゃんを一部屋にまとめた方がいいのでは？　と思っているのだ。

何故かと言うと、僕も新米パパなので初めて知ったんだけど、個人差はあるにしても、新生児の頃って数時間おきに授乳しないといけないみたいなんだよね。

そうなると、母親一人の負担が大きい。世のお母さんは乗り越えているのかもしれないけど、出来れば何とかしてあげたい。

「やはり、母親達と赤ちゃんを同じ部屋にまとめるか」

ただそうなると、一人泣くと釣られて皆んな泣き出しそうか。

そこでふと、大事な物を作り忘れていたのを思い出した。

「はっ！　哺乳瓶《ほにゅうびん》とか作ってない！」

哺乳瓶があれば、ソフィア達の負担も減るんじゃないのか。

そう思いついた僕は工房に走った。

◇

工房でガラスから錬成《れんせい》し哺乳瓶を形作ると、簡単に壊れないようエンチャントを施《ほどこ》す。

天然ゴムから乳首を作る。

形は想像出来るので、錬金術で一気に作り上げる。

ただ形が出来たら完成じゃない。柔らかさのチェックや吸いやすさのチェックを実際に試してみないと……

他の人に見られると恥ずかしい状況だけど、今は皆んな赤ちゃんの方に行っているので、工房に誰かが入ってくる事もないから大丈夫だ。


……チュウチュウ。


大人の僕と赤ちゃんじゃ、吸う力が違うから完璧な物は難しいけど、満足出来るレベルの物が出来たと思う。

乳首にゴム臭《くさ》さを消すエンチャントをかけて、哺乳瓶と合わせて一気に錬成する。乳首は消耗品なので多めに作っておこう。

錬成した哺乳瓶と乳首にエンチャントを済ませた時、メリーベルが呼びに来た。

「旦那様、ここにいらっしゃったのですね。お子様方のお名前が決まりましたよ」

「へっ？」

「ですから、三人のお子様方のお名前が決まりました」

「な、ど、どうして、僕は？」

なかなか理解出来ない僕に、メリーベルが説明する。

「旦那様のお姿が見えませんでしたが、どうせ工房で何か作っているのだろうと皆様思ってらしたようですね」

「なら、呼んでよ！」

「いえ、どうせ旦那様の意見は通りそうにありませんでしたし、それなら事後報告で構わないとの意見で皆様一致いたしましたので」

「…………」

僕はガックリとその場で崩れ落ちる。

まさか初めての子供の名付けに関われないなんて……いや、珍しくもないか。

どうせ僕の意見と、ソフィア、マリア、マーニの意見なら、ソフィア達の意見が通ったのは間違いないだろうしね。

負け惜しみじゃないからね。

6　名前が決まりました

　工房を出て、皆んながいるという、赤ちゃんが寝かされている部屋に行くと、アカネが紙に子供の名前を書いていた。

　ソフィアの産んだ、エルフでは珍しいらしい銀髪の女の子の名前は、エトワール。

　マリアの産んだ、桜色の髪の女の子の名前が、春香。

　マーニの産んだ、白に近い銀髪の髪とウサギ耳の女の子の名前は、フローラ。

　そして僕は、自分が関わる事なく決まった名前が書かれた紙を呆然《ぼうぜん》と見ていた。

　いや、良い名前だと思うよ。

　エトワールは何処かの言葉で、確か「星」という意味だったかな。綺麗な響きの良い名前だと思う。春香とフローラも綺麗な良い名前だと思うから問題はないんだけどね。でも、出来れば決まる前に一言欲しかったかな。一応、僕が父親なんだから……

　エトワールが寝かされているベビーベッドには、フリージアさんが張り付いていた。よほど嬉しいんだろうな。ニコニコしてエトワールのホッペをツンツンしている。

エリザベス様は春香に指を握られ、顔をとろけさせていた。

同じ獣人という意識があるのか、ルルちゃんが嬉しそうにフローラをあやしている。

「タクミ様すみません」

「いや、大丈夫だよ。良い名前じゃないか」

ソフィアが申し訳なさそうに謝ってきたが、これはソフィアが悪いわけじゃない。そうだ、この世界の慣例として父親が名付けに関われないと思い込もう。うん、それが僕の精神衛生上良いだろうしね。

「ソフィアを叱らないでね。エトワールは大精霊様からいただいた名前。エルフにとってこんなに光栄な事はないもの」

「いえ、叱ったりしませんよ」

ルーミア様が慰めてくれるけど、気持ちの切り替えが出来たのでもう大丈夫だ。もともと日本人の僕には、エルフふうやこの世界ふうの名前はよく分からないからね。


あまり長い時間赤ちゃんの部屋に大勢でいるのは良くないだろうと、母親三人とフリージアさん、メリーベルを残して、皆んなでリビングへと移動してきた。

「旦那様、聖域の住民からお子様方のお披露目と、お祝いの宴《うたげ》を催したいと申し出がありました」

「……必要なんだろうね」

リビングで落ち着く間もなくジーヴルから聞かされ、僕はちょっと疲れ気味に言う。

「勿論、お祭りをしないとね」

「そうよ〜、タクミちゃん。聖域の精霊達も楽しみにしているもの〜」

「きっと、もうノームやサラマンダーが旗振り役になって、宴の準備を始めているんじゃない？」

シルフ、ドリュアス、ウィンディーネもお披露目を、大々的なお祭りにする気満々だ。

「ボルトンにいるメイドにも手伝ってもらい、宴の準備を進めておきます」

ジーヴルはそう言うと、おそらくボルトンにいる執事のセバスチャンと相談するのだろう、地下の転移ゲートへと向かった。

因みに、ボルトンで働くメイドやセバスチャンも交代で赤ちゃんの顔を見に来ているとの事だった。

実はこの世界では、こんな早くに子供の誕生をお披露目して祝うなんて事はしない。

魔法というモノが存在する世界とはいえ、中世の文明に近いこの世界では、乳幼児の死亡率は高いのだ。

それでも、赤ちゃんの誕生を祝う事が可能なのは、ここが聖域で、回復魔法を使える人間が複数いて、しかも大精霊達が存在する場所だからだ。

そう、ここが特別なだけなんだよね。

その後、僕は、渡し忘れていた哺乳瓶をメリーベルに預けたんだけど、そこで大事な物を作り忘れているのに気が付いた。

「哺乳瓶って、消毒しないとダメだったよな」

そう、昔は煮沸《しゃふつ》して消毒していたはずだ。今は確か素材によって消毒の方法が違ったんだっけ。ガラス製の哺乳瓶とプラスチック製の哺乳瓶では消毒方法が違うのも当然だよな。

でも、魔法が存在するこの世界なら関係ない。

何せ、浄化魔法があるのだから。

僕は適当な金属（軽さを考えてミスリル合金にした。錆《さ》びる事もないし）で、箱型を錬成すると、そこに浄化の魔導具を組み込んだ。

それと、母乳を貯めておける容れ物を用意。母乳に雑菌が繁殖しないよう、状態保存のエンチャントをかけておいた。

◇

そして後日。

この哺乳瓶とその付属品は、ソフィア達やフリージアさん、メリーベルやメイド達、赤ちゃんの世話をしてくれる人達に大好評だった。

他にも、最初は勿体《もったい》ないと抵抗感があるかと思われた紙おむつも、その便利さと何より赤ちゃんに優しい仕様が受け入れられた。

紙おむつ専用の浄化機能付きゴミ箱も、便利だと喜ばれた。

まだ視力の弱い新生児だから、この前作ったメリーはまだ早いと思うけど、ガラガラなどのオモチャも感謝された。

「はっ！　抱《だ》っこ紐《ひも》やおんぶ紐を忘れてた！」

「タクミ様、レーヴァの部族では大きめの布地を使うであります」

「ああ、確かそんなのもあったね。でも、簡単かつ安全に抱っこ出来る物を考えよう」

「まあ、そう言うと思ったであります」

「マスター、布地はカエデに任せてー！」

レーヴァに呆れられていると、亜空間《あくうかん》からひょっこりと出てきたカエデがお手伝いをしてくれると言う。

これで、最高の布地で作れそうだな。

因みに、工房に向かう僕とカエデ以外の聖域住人は、聖域を挙げてのお祭りの準備に入っている。

何だか間違いなく、大事《おおごと》になりそうな気がするんだけど。

7　お披露目は大々的に

子供達のお披露目は、一週間後に決まった。

まだ生まれて一月も経っていない新生児を大勢の人の前にお披露目する事に抵抗があったけど、シルフやウィンディーネ達から、聖域の中でなら滅多《めった》な事はないと言われた。

「タクミは神経質すぎ。私達大精霊が祝福を授けたのよ」

「……そう。私達が護ってる」

セレネーとニュクスにまでそう太鼓判《たいこばん》を押されるとね。

まあ、せめて二ヶ月後でもいいんじゃないかな、なんて思ってたんだけど。

◇

そうして三日経ち、宴まで四日となった日の事。

やっぱり、ユグル王国のシルフィード領で、風の精霊がエルフの子供誕生に大はしゃぎ状態だったらしい。ソフィアのお父さんであるダンテさんが、急遽聖域までエトワールに会いに向かってきていると報《しら》された。

「もう！　あの人ったら！　領地を放っておいてこっちに来るなんて！」

「いや、母上もそろそろ帰った方が良いのでは？」

「何を言ってるの、ソフィア。エトワールの可愛い姿が見られない生活を、お母さんにさせる気なの？」

フリージアさんが、それをあなたが言うのですかと思うセリフを言っている。

困った事に、まったく帰る気がなさそうだな。

言い合いになっているとはいえ、ソフィア・フリージアさん親子のコミュニケーションを邪魔しちゃダメだよね。

僕は二人を残し、宴の準備が進む聖域を見て回る事にした。

酒造区画では、宴で出されるワイン、エール、ウイスキー類の樽《たる》が運び出されている。その指揮を執るのは、大精霊のノームとドワーフのゴランさんだ。

精霊樹《せいれいじゅ》と僕の屋敷がある中央区画の広場では、ドワーフ達がテーブルや椅子を大量に作っていた。

聖域に唯一存在する大教会では、結界を通り抜ける事が出来た創世教《そうせいきょう》の神官達が、教会の掃除と飾り付けをしていた。

因みに今回の宴の始まりには、この教会でノルン様への報告と無事生まれた事への感謝の儀式をするらしい。

人魚族はフルーナさんが中心となり、宴で出される魚介類の確保を頑張っている。

天空島《てんくうとう》と繋《つな》がる専用ゲートが設置された建物からは、有翼人族《ゆうよくじんぞく》が狩りで得た獲物の肉を運び込んでいた。指揮を執るのは族長のバルカンさんだ。

他にもバルザックさんやベールクトがいて、きっとバート君とバルト君もこき使われているんだろうな。有翼人族は総出《そうで》で宴に参加してくれるみたいだね。

バンガさんはというと、宴で出す肉料理のために狩りに出ているらしい。

一方、マーサさんは女の人を集めて宴の準備を手伝ってくれている。時間のかかる料理の下ごしらえや、獲れた獲物でソーセージや燻製《くんせい》を作っていると聞いた。それに加えて、聖域に暮らす子供達用に日持ちするお菓子も作っているんだとか。

音楽堂では、楽器を演奏する人達が練習に励《はげ》んでいた。宴には音楽が付き物だからね。

あと、申し訳ない気持ちでいっぱいになるんだけど、聖域の皆んなで、僕の子供の誕生を祝う贈り物を用意しているんだそうだ。

まあ、聖域で贈られる物となると、農産物か魚介類、あとは木工細工や薬草類になるんだけどね。

聖域の物産のほとんどはそれらだから、仕方ないよね。

それはさておき、宴のために用意する物は食材や飲み物だけじゃない。お皿やコップ、ナイフやフォークも大量に必要だ。

そんなわけでこれらの物は、ドワーフやエルフが協力して作っていた。

僕が錬金術で一度に大量に作る事も可能だけど、今回の宴は僕は祝われる側なので、極力準備には関わらないでと言われている。

◇

そんなこんなで数日聖域を見回っていた僕に、ダンテさんの馬車が聖域の入り口に到着したとの連絡が入った。

ユグル王国との距離を考えると、もの凄《すご》く急いだんだろうな。

「どうする？　とりあえず最初の門は通したけど、タクミが迎えに行くんでしょ」

「ありがとうシルフ。フリージアさんに声をかけてから、一緒に迎えに行くよ」

僕はシルフに別れを告げると、聖域の入り口付近、宿泊施設が建てられた出島《でじま》区画へ、ツバキの引く馬車で向かう事にした。

「ごめんなさいね、タクミ君。わざわざ出迎えに行くなんて面倒かけて」

「いえ、ダンテさんはお義父《とう》さんですから、面倒なんて思わないですよ」

「本当にタクミ君は優しいわね。あの人だけ中の門を通れるようにして、歩いてこさせればいいのに」

「は、ははっ……」

フリージアさんが少し不機嫌なのは、エトワールと少しでも離れるのが嫌だから。最初は出迎えなんていらないと言ってたからね。

でも、入り口付近から中央区画までは歩くとだいぶ時間がかかる。ダンテさん一人で来させればいいって言ってるけど、多分フリージアさんも本気じゃないと思う。

……本気じゃないよね。


ダンテさんの馬車の馭者《ぎょしゃ》、それと護衛の人達用の部屋を宿泊施設に確保してから、ダンテさんだけを僕の馬車に乗せて、一旦僕の屋敷へ向かう事にした。

「…………」

「…………」

うーん、馬車の中の空気が重い。

久し振りの再会なのに、不機嫌なフリージアさんと、それに困惑するダンテさん。この重い空気、僕はどうすれば良いのだろうか。

だが、そんな微妙な空気も到着するまでだった。

屋敷でエトワールを見たダンテさんの表情が崩れている。ただ、抱きたそうにしているダンテさんに、エトワールを渡さないフリージアさんはどうなのだろう。

その後、ダンテさんに宿泊施設に泊まってもらうのか、僕の屋敷でフリージアさんと同じ部屋で滞在してもらうのかで一悶着《ひともんちゃく》あった。

僕は、普通に夫婦なのだから同じ部屋に泊まれば良いと思ったんだけど、フリージアさんはエトワールを一秒でも長く独占したいようで、ダンテさんに宿泊施設で泊まるように言って、夫婦でだいぶ揉めていた。

結局、僕の屋敷で数日滞在する事に決まったんだけど……フリージアさんとダンテさんのエトワールを巡っての争いはもう見たくないよ。

因みに、春香とフローラも、メイド達や聖域の女性達、子供達から可愛がられている。

エリザベス様やルーミア様が、エトワール、フローラ、春香をベタベタと可愛がるのは、既に日常になりつつあるね。

◇

その日、数えるのも不可能なくらい多くの様々な精霊が、その身で歓《よろこ》びを表すように踊り飛んでいた。

花々は咲き乱れ、柔らかな風がその匂いを聖域中に届ける。

聖域の中央区画に建てられた大教会の内部には、ステンドグラスを通して様々な色の光が溢《あふ》れていた。

聖域の音楽隊が奏《かな》でるバイオリンの音が、ビオラの音が、チェロの音が、それぞれに重なり合って響いている。

教会に集まったのは、初期の移住者であるワッパら子供達、エルフ、ドワーフ、ケットシー、フルーナさん達人魚族に、ベールクト達有翼人族。

勿論、僕がこの世界に降り立って直ぐにお世話になったバンガさんとマーサさんの姿もある。

そこにルーミア様、エリザベス様が加わり、その隣にはシャルロット達文官娘三人組、さらにはメイド達、執事のセバスチャンとジーヴルが並んでいる。

今日ばかりは、ボルトンの屋敷は警備ゴーレムに任せたみたいで、ボルトンの使用人まで全員が聖域に来ていた。

そして僕にとって義父と義母に当たる、ダンテさんとフリージアさん。

レーヴァ、アカネ、ルルちゃんもいる。カエデと小さいボディのタイタンもいた。

進行役は、ミーミル様らしい。

シルフ、ウィンディーネ、ドリュアス、ノーム、サラマンダー、セレネー、ニュクスら大精霊と共に、ミーミル様は教会正面にあるノルン様の像の前で僕達を待っていた。

やがて大教会の大きな扉が開き、エトワールを抱いたソフィア、春香を抱いたマリア、フローラを抱いたマーニが横に並んで入場し、その後ろに僕が続く。

赤ちゃん達を驚かせないように気を付けながら、大きな歓声に迎えられ、音楽と歓声の中進んでいく。

不思議な事に、エトワール、春香、フルーラは驚いて泣く事なくそれどころか、ニコニコと気持ち良さそうにしていた。

ゆっくりと歩み、ミーミル様と大精霊達の前までたどり着くと、ミーミル様がノルン様に子供達の誕生を報告する。

「大精霊と精霊樹息づく、この聖域の守護者にして管理者たるタクミ・イルマ――彼とソフィア、マリア、マーニの間に生まれし子、エトワール、春香、フローラ、彼女達に女神ノルンの加護がありますよう」

ミーミル様がそう言って、祈りを捧げたその時――

精霊を見る事が出来ない者にも、教会の中いっぱいに踊る、色取り取りの精霊の光を見る事が出来た。

ノルン様の像に光が集まっていく。

あぁ、これは結婚式の時の再現だ。

キラキラとした光がノルン様の姿を形どっていった。その輝くノルン様は微笑むと、両手を広げ

たように見えた。

それから輝くノルン様は弾けるように小さな光となり、エトワール、春香、フローラに降り注いだ。

「……ノルン様からも祝福していただいたようです。皆様、ノルン様に祈りを」

ミーミル様が感極まって涙を流しながら言う。

教会の中は、歓声、祈り、感謝の声で溢れた。

しばらくして、エトワール、春香、フローラ達を抱いたソフィア、マリア、マーニが教会から出ていく。

聖域の住民達は花びらを撒《ま》き、歓声と共に彼女達を出迎えた。

住民達の見守る中を、僕らは子供達のお披露目のために歩いて回る。

教会に入りきれなかった多くの住民達から、たくさんの祝福の言葉を受けた。

これって、僕の子供が生まれるたびにするのかな。平民の僕の子供が生まれたお祝いにしては、派手で大袈裟《おおげさ》すぎると思うのだけど。

◇

その後、母親と子供達を屋敷に帰したところで、宴が始まった。

様々な料理とお酒が提供され、夜を徹して宴は続く。

人族も、獣人族も、エルフやドワーフも、人魚族や有翼人族、ケットシーやフェアリー達も、全ての人達が子供の誕生を祝い、宴を楽しんだ。

エトワール、春香、フローラのお披露目の宴は、次の日の夕方近くまで続いたのだけど……

もし次があるのなら、もう少しこぢんまりとしてもらおう。

8 それぞれの反応

聖域のあちこちで、二日酔いの大人達が酔い潰れ、死屍累々《ししるいるい》の様相を見せていた。

流石にドワーフ達はケロッとして宴の後始末をしている。

当然、ウィンディーネ達大精霊もお酒で二日酔いにはならないようで、いつも通り平常運転だ。

そして、これは分かっていた事だけど、子供が生まれた事はパペックさんにバレていた。

当たり前だよね。パペックさんにはソフィアが妊娠したのは知られていたし、月日が経てば生まれるのは自然の摂理《せつり》なのだから。

あと、僕の王都のお店で赤ちゃん用品を扱い出していたからね。

なお、王都のお店を任せている店長から、パペックさんがお祝いを持ってくると言付《ことづ》けをもらった。

わざわざお祝いなんて必要ないのに、なんとパペックさん自《みずか》ら来るらしい。

申し訳ない気持ちでいっぱいだけど、そのせいで国のお偉いさんに情報が漏れたんだから、ありがたいんだか迷惑なんだか、何とも言えないよね。

◆

ここは、バーキラ王国王城。

バーキラ王国宰相のサイモンは、パペック商会の会頭の動きの報告を、諜報部《ちょうほうぶ》の長から受けていた。

「パペック商会の会頭が大量の荷物を聖域へ運ぼうとしていると？」

「はい。そして、王都のイルマ殿が運営する商会の店舗では、幼児用の商品がいくつか販売されています」

「……イルマ殿に子供が出来たか」

「おそらく……」

今、タクミの店が扱っている遊具関連の商品はどれも確実に売れるだろうと、サイモンも思っていた。

その商品リストに幼児用関連の商品が加わったとなれば……それをタクミが必要となったから開発したと考えるのが自然だろう。

「陛下とも相談せねばならんが、我が国からも祝いの品を贈らねばならんな」

「では、私はパペック商会の会頭に裏取《うらど》りしてまいります」

「うむ、儂《わし》の名を出して構わん。出来るだけ詳細な情報を頼む」

「はっ、了解いたしました」

諜報部の長が去ると、サイモンは早速バーキラ王のもとへ報告に向かう。

タクミはバーキラ王国にとって最重要人物である。現在は良好な関係を築けているが、よりその絆《きずな》を強くする努力は怠《おこた》るべきではない、サイモンはそう思っていた。

「うむ、陛下と相談し、イルマ殿との繋がりを強くする好機を活かさなくては」

だが、事は内密に進めないといけない。余計な貴族に知られると面倒な事になるのが目に見えているからだ。

サイモンはそのように慎重に動きつつ、自ら聖域へ向かう準備も同時に始めた。

それから、お祝いを持っていく事を決め、様々な仕事を前倒しに片付けていくのだった。

◆

パペック商会の動きを注視していたのは、王城だけではない。

というのも、パペックはタクミへのお祝いの品を集めるのを王都の店を中心にしている一方で、本店であるボルトンでも辺境の物産を集めていたからだ――

なお、パペックとしても、タクミへのお祝いの品となると贈る物に困っていた。

食料品や調味料は聖域産の物に対抗出来る物はない。一般的には高価な魔導具も、タクミは自分で造ってしまう。王都の高価なドレスなども、カエデの生み出す糸から作られる聖域産の服には負ける。

そこでパペックは、聖域の住民達用に、日用品、普段着、下着類を贈る事にした。

聖域にも服を作る職人がいるが、その製品は高級な交易品として扱われる事が多い。既製服という物が一般的でないこの世界で、普通の平民が着る服はいくらあっても喜ばれたのだ。

他には、チーズなどの乳製品や鶏も集めた。

聖域は広く、酪農《らくのう》や養鶏《ようけい》も可能で、小規模ながら行っているが、聖域の需要を満たしているとは言えなかった。

パペックは、タクミが卵を使ったデザートを作っていた事を知っているので、鶏は喜ばれるだろうと確信していた。

そんなふうにして贈り物を積んだパペック商会の馬車の隊列が、王都、ボルトン、さらに隊列を伸ばしてウェッジフォートを経由して進んでいく。

その光景を見て、聡《さと》い者は見抜くだろう。

ボルトン辺境伯ともなれば、最近王都のタクミの店で、乳幼児用の商品が売り出された事くらいは掴んでいる。

そしてそこから、パペック商会の行動が何を示すのか予測するのは簡単だった。


ボルトンの城の中で、この城の主人ゴドウィンと家宰のセルヴスが膝を突き合わせ、アイデアを出し合っていた。

「イルマ殿に子が生まれたようだな」

「はい。おそらく間違いないと思われます」

「……祝いの品が難しいな」

「はい。イルマ様は必要な物は大抵自分で手に入れてしまわれますからな」

「うーん、おお、そうだ。トレント材はどうだ？」

「それは良い考えでございます。イルマ様はご自分で魔物のトレントを狩れるでしょうが、お忙しくなっています。わざわざ死《し》の森《もり》でトレントを狩るお時間も取れないでしょうし、きっと喜ばれると思います」

「おお、そうだろう。聖域は人が増え、建物も随分《ずいぶん》と増えたと聞いている。丈夫なトレント材はいくらでも欲しいだろう」

話し合いの結果、ボルトン辺境伯からは、大量のトレント材が贈られる事になった。子供の誕生祝いに相応《ふさわ》しいのかは疑問だが。

9 男親は娘に弱い

自分の目尻《めじり》が自然と下がるのが分かる。

「だらしなく緩《ゆる》みきっているわね」

「ニャー、仕方ないニャ。ルルも可愛いくてたまらないニャ」

エトワールを抱いていたら、アカネに呆れられた。ルルちゃんは同じ獣人族のフローラを可愛いがってくれている。

「今からそんなんじゃ、娘達が嫁に行く時に困るわよ」

「嫁になんて行かないもん！」

「いや、もんって……」

アカネの目が冷たい気がするけどそんな事は関係ない。こんなに可愛い娘達を嫁に出すなんて……嗚呼《ああ》、考えたくもない。

すると、メリーベルから言われる。

「旦那様、あまり父親が子育てをする姿を見せるものではありません」

「えっ、そうなの⁉」

どうやら、父親が子育てに関わるのはみっともない事らしい。どうやらこの世界では、子供の世話をするのは、母親、乳母、侍女の仕事みたいだ。

でも、これには僕は頷《うなず》けない。

これから確かな絆と愛情を育《はぐく》んでいくうえで、父親が子育てに参加するのは大事な事だとメリーベルに訴える。

そこへ、援護してくれる人物が現れる。

「良いではないですか、メリーベル」

「セバスチャンさん……」

「ここは聖域で、旦那様に批判的な者は皆無です。寧《むし》ろ、エトワール様方の世話をする旦那様の姿は、聖域の住民に受け入れられると思いますよ」

「別に、ずっと子供達にベッタリと張り付くわけじゃないんだから、少しくらい大目に見てよ」

「はぁ、仕方ありませんね。ですが、お仕事の方もお願いしますね。シャルロットさんが探していましたよ」

「うっ、わ、分かったよ」

セバスチャンのお陰《かげ》で、しぶしぶだと思うけど、僕の子育てへの参加をメリーベルは許可してくれた。

この世界は別に男尊女卑《だんそんじょひ》ってわけじゃないが、外に働きに出る父親と、子育てや家事をする母親というように、役割が明確に決まっているみたいだ。その後、セバスチャンから聞いた話では、特に裕福な家庭では、子育ては母親と侍女に任せるものらしい。

シャルロットが探していたと言っていたよね。早めに行った方がいいだろうな。

◇

ガチャ、ドアを開けると、シャルロット、ジーナ、アンナの視線が集まる。

「シャルロットが呼んでいるって聞いたけど……」

シャルロット、ジーナ、アンナがそれぞれ言う。

「……はい。目を通してもらいたい書類があったので……ですが、どうしてフローラちゃんを抱いているのですか？」

「タクミ様、お仕事ですよ」

「……うん、可愛いけど仕事場はダメ」

「うっ、ほ、ほら、ウサギの耳が可愛いだろ？」

やっぱり赤ちゃんを抱いて仕事はダメみたいだ。今はフローラを抱く時間なのに。

「タクミ様、フローラは連れていきますね」

「あ、あぁ、フローラァ〜！」

後ろから付いてきていたマーニに、フローラは連れていかれてしまった。

母親だから当たり前なんだけど、マーニに抱かれたフローラがぐずりもせず抱かれていくのを見ると少し嫉妬《しっと》してしまう。

赤ちゃんが安心して母親に身を任せるのは分かる。でも、自慢じゃないけど僕が抱いても、ぐずったり泣いたりしなかったんだけど……母親には敵《かな》わないみたいだね。

フローラがいなくなったので、急いで仕事を片付ける事にした。子供達と遊びたいからね。


「……よし！　終わった！」

「では、紙おむつと専用ゴミ箱を作るでありますぅ」

「へっ、レーヴァがどうして書斎に？」

やっと書類を片付けたと思った瞬間、レーヴァに声をかけられた。

「王都のお店から紙おむつと専用ゴミ箱が、もの凄い勢いで売れていて在庫が足りないと連絡が入ったであります。なので大急ぎでお願いするであります」

「えっと、明日じゃダメ？」

「ダメであります。さっ、レーヴァも手伝うので行くであります」

「うわぁーー！　エトワールゥ！　フローラァ！　春香ぁ！」

僕はレーヴァに引き摺《ず》られて工房へ行くハメに……

「し、仕方ないな。頑張って早く終わらせよう」

「その調子であります」

レーヴァにも手伝ってもらい、大量の紙おむつと専用ゴミ箱を作っていった。


「……よし！　これだけあれば、しばらくは大丈夫だろう」

「お疲れ様であります」

全力で終わらせて工房を飛び出し、子供達のもとへ急ぐ。

だけど、部屋の前でメリーベルに制止された。

「申し訳ございません。お子様方は、今眠りに就いたところですので、旦那様はご遠慮ください」

「う、嘘ぉ……」

僕は、その場でガックリと膝をつく。

そう言われると逆らえないよ。赤ちゃんは寝るのも仕事のうちだからなぁ。

「お茶を淹れますので、リビングへどうぞ」

「……はい」

大丈夫、多分直ぐに起きるはず、そうだよね。

◆

タクミの子供達が誕生し、聖域がお祝いムードで賑《にぎ》わっていた頃、大陸の中心に位置していた、シドニア神皇国《しんこうこく》の辺境にある廃墟《はいきょ》で、魔の子供が誕生していた。

その辺境の街には、音がなかった。

夜には灯《あか》りも見えず、暗闇《くらやみ》が広がるのみ。

そう、この街には人一人の姿もない、ゴーストタウンだった。

街の外れの廃教会……嘗《かつ》て神光教《しんこうきょう》の教会だったその建物は、朽《く》ちてところどころ崩れ落ちている。

そしておそらく祭壇があったであろう場所には、巨大な肉塊《にくかい》で出来た木のようなモノがそびえていた。

禍々《まがまが》しい大樹の表面には、人間の顔や身体が無数に浮き出て、脈動《みゃくどう》している。

元神光教の神官が贄《にえ》を与え続けた邪精霊《じゃせいれい》のカケラ、それを核とするその大樹は、噴き出すどす黒い瘴気《しょうき》が目視出来るほどに育っていた。

そこには既に人は存在しない。

いや、存在しえない。近づけば立ちどころに死に至るだろう。

その人のいなくなった地では、姿形だけは人のようなモノが、肉塊を固めた大樹の世話をしていた。

彼らは見た目は人のソレに近いが、人なら耐えきれないほどの瘴気を身に纏《まと》っている。

中には、腕が四本ある者、脚が二本以上ある者、頭をいくつも持つ者など、最早《もはや》人の形を逸脱《いつだつ》した何かが、肉塊の大樹の周囲を徘徊《はいかい》していた。

大樹の世話とは、人や魔物を贄にする事だ。

それがこの街がゴーストタウンとなった理由の一つ。

全ての住民が贄になったわけではないが、多くの者が犠牲となり、その結果この街から逃げ出す人が続出したのだ。

こうして、辺境にあるこの街は濃い瘴気に汚染され、人の近寄れぬ地となってしまった。

大陸全体で考えれば、世界樹《せかいじゅ》に加え聖域の精霊樹のお陰で地脈の浄化が進み、大陸の瘴気は減少傾向にある。だが、例外的にこの大陸中央部に位置する、この辺境の街だけは、それとは逆の現象が起きていた。

ただ、その瘴気もこれ以上広範囲には広がる力は持っていない。

大精霊が七柱も顕現している聖域に比べ、邪精霊の残り滓《かす》に人の怨念《おんねん》を栄養として育ったバケモノでは、世界に与える影響は知れている。

一国を覆うほどの瘴気を撒き散らす力は、ソレにはなかった。

だが、故に、ゆっくりとソレは育っていく。

密《ひそ》かに、少しずつ、力を蓄えながら——


その日、禍々しい大樹がひときわ大きく脈動すると、幹《みき》から大きな繭《まゆ》のようなモノが産み出された。

その繭を、肉塊の大樹から伸びた何本もの手が抱き上げ、まるで母親が赤子を護るように抱きしめる。

繭は、脈動しながらその時を待った。

そして三十日の時間を経て、繭に変化が訪れる。

ピシッ！

繭の表面に小さなヒビが走り、やがてそのヒビは全体に広がる。


パリーンッ！


硝子《ガラス》の割れるような音と共に、繭の殻《から》が弾け飛ぶ。

そして肉塊の大樹から伸びた手には、紅《あか》い髪に黒い肌の赤子が抱かれていた。泣く事もなく、ゆっくりとその瞼《まぶた》を開けた赤子の瞳は紅く光っている。

嘗て人だったモノ達が、肉塊の大樹から産まれた赤子の誕生を喜ぶ。最早、人の言葉を発してはいない。雄叫《おたけ》びを上げるのみとなってはいるが、確かに狂喜しているのは間違いなかった。

世界の人々は気付かない。

嘗て大陸を混乱に陥れ、一国が滅ぶ原因となった邪精霊の残滓《ざんし》が育ちつつある事を……

10　大量のお祝い

それはシルフからの報《しら》せだった。

「タクミ、いつもの商人のオジさんが馬車を何台も列《つら》ねて直ぐ近くまで来ているわよ」

「いつもの商人のオジさんって、パペックさんかな。この時期に馬車を何台も列ねてるって、なんだろ？」

パペック商会には定期的に商品を卸《おろ》している。でも、それはボルトンのお店だったり王都のお店だったりに納品する事がほとんどだ。

他にも少量だけど聖域産のワインやウイスキーは、パペックさんが聖域に来た時に売っているけど……馬車を何台も列ねなきゃいけない理由が思い浮かばない。

聖域は人口が増えたとはいえ、自給自足出来ている。そんなわけで、外から大量の農産物を購入する事はなかった。

例外的にチーズなどの乳製品や卵は不足気味だけど……考えつくのはその程度だ。

シルフからはさらに、懐かしい人達が商人のオジさんの護衛していると報された。その懐かしい人達というのは、僕が初めてボルトンへ向かう馬車で一緒になって以来、何度もお世話になっているヒースさん、ライルさん、ボガさん達冒険者パーティー「獅子《しし》の牙《きば》」らしい。

僕が改めて、パペックさんが来る理由に首を捻《ひね》って考え込んでいると、シルフが呆れたように言う。

「タクミ、そんなの考えなくてもお祝いの品に決まってるじゃない。あの子はタクミのお陰でお店を大きくしたんだもの。タクミに子供が生まれたなら、お祝いの一つや二つ持ってくるでしょ」

「いや、馬車が隊列を組んでいるんだよ。アレが全部お祝いの品なんて……あるのか？」

いつもと違い、高ランク冒険者パーティーである獅子の牙を護衛に雇っているのも、大量のお祝いの品を運んでいるからなのか？

ははっ、ソレ以前に……もうパペックさんに子供が生まれた事が伝わったのか。

「出迎えた方が良いんじゃない？」

「そうだね。流石に隊列を組んできたパペックさんをそのまま聖域に入れるのも問題ありか」

「カエデとタイタンを連れていけば良いわ」

「そうするよ」

最近、ボルトンからウェッジフォートを経由する聖域へのルートは、魔物の遭遇率も低く、比較的安全なルートになっている。それにもかかわらず隊列を組んできたというパペック商会は、獅子の牙以外の冒険者も雇っているはず。

そうなると、全員を出島区画とはいえ入れられない。他にも馭者や荷運びの作業をする商会の従業員もいるに違いない。その全ての人に門をくぐらせるのは無理だよな。

シルフ達大精霊の判断で、通す人と弾かれる人を選別するのもね。門の外に残された人が哀れだし。

因みに普段は、パペックさんかその代理の人と馭者、それにもう二人くらいの人数だから、全員を出島区画に通している。

基本的に警備はゴーレム任せだから、大人数には対応出来ていないんだよな。

カエデとタイタン、そしてシルフと未開地側の第一の門まで来た。早速、シルフがパペックさんだけを通す。

「おお！　タクミ様直々《じきじき》のお出迎えですか」

「お世話になっています、パペックさん」

「タクミ様、お子様が生まれたようですな。おめでとうございます。今回は、心ばかりのお祝いの品を持ってまいりました」

「わざわざパペックさん自ら馬車の隊列を率いて、申し訳ないです」

「タクミ、一旦全ての馬車を結界の内側に入れるから、荷物をゴーレムで倉庫に運んじゃいましょ」

僕がパペックさんと挨拶していると、シルフが急かしてくる。

「それもそうだね。パペックさん、荷物はここで受け取ります。申し訳ないのですが、今回連れてきてもらった人達は、聖域には……」

「勿論です。ウェッジフォートに引き返して待たせますので」

パペックさんが乗って帰る馬車一台とその馭者、護衛の獅子の牙以外は引き返してもらう事にした。

馬車の隊列は十台に及び、その積荷をゴーレムに運ばせる。

大量のお祝い品は、嬉しい事に聖域の住民達用の普段着や下着と日用品。それと僕が欲しかった乳製品や鶏だった。

「おお、鶏ですね。これは倉庫じゃダメだから、屋敷の方にお願い」

「マスター、プリン、プリンが食べれるね」

「ああ、カエデはプリンが好きだからね。これで大きいプリンを作ってあげるからね」

「ヤッターー!」

聖域では卵は貴重だから、あまりデザートに使えなかったんだよね。鶏が増えたから、これからは卵を使った料理やデザートが気軽に食べられるようになるかもね。

ゴーレムに個別に指示を出して荷物を捌《さば》いていく。

「パペックさん、欲しかった物ばかりです。ありがとうございます」

「ハッハッハッ、これでも長年商《あきな》いで食べてきましたから。タクミ様が何を喜ぶか、考えれば分かりますよ」

ライルさんが話しかけたそうにしてウズウズしているけど、ヒースさんとボガさんに睨《にら》まれ、諦めて荷運びの手伝いに戻っていった。

まあ、ヒースさん達にはあとで会いに行くつもりだから、その時でいいだろう。


パペックさんを伴って屋敷にやって来る。

パペックさんがエトワール達を見たいと言うので、子供達のベッドが集められている部屋へ行こうと思っていたけど、子供達は丁度《ちょうど》ソフィア達とリビングにいた。

「おお、三人とも女のお子様ですか。これはタクミ様も将来が心配ですな」

「やめてくださいよ、パペックさん。まだ生まれたばかりですよ」

「いえいえ、子供とは、あっという間に大きくなるものですよ」

何でもパペックさんにも、既に嫁《とつ》いだ娘がいるらしい。娘の結婚はめでたいのだが、それ以上に寂しかったと、パペックさんはその当時を思い出しているのかしみじみと言った。

「息子は息子で、商会を継がせるために厳しく育てましたので、ある程度の年齢になると、親子というよりも上司と部下になってしまいましたから」

パペック商会の王都にあるお店で、パペックさんの息子さんが修業しているという。

パペックさんは、ボルトンと王都そして聖域を行き来しているので、家族との時間が持てないらしかった。

「それにしてもパペックさんからのお祝いは助かりましたよ」

「そう言っていただけると嬉しいですね」

今回、パペックさんが持ってきた品の数々は、本当にどれもありがたい物ばかりだった。

服一つにしても、僕達が着ているのはカエデの糸から作られた物だ。そんなわけで、世に出せばいくらになるのか分からない高級な服だったりする。

ワッパ達には一式四季の服を渡しているし、時々パペック商会から服を買ってもいたんだけど、それでも今回大量に持ってきてくれて助かった。これで聖域内でも服屋さんが出来るかもしれないな。

食器類などの日用品は、聖域の住民は基本的に自分達で作っていたんだけど、流石に子供達には無理だし、手先が不器用な人もいるからね。

「あと乳製品は、これからも定期的に欲しいですね。多少割高でも構いませんから」

「もしよろしければ、乳牛を運んできましょうか？」

その言葉に反応したのは、メリーベルだった。

「旦那様、是非《ぜひ》とも購入していただけるとありがたいです」

「ひょっとして、エトワール達のためなのかな？」

「はい。乳牛から採れる新鮮なミルクを、エトワール様、春香様、フローラ様に飲んでいただきたいと思います」

出来たメイド長のメリーベルらしくなく、僕とパペックさんが話しているところに、割り込むような事をしたのは、やっぱりエトワール達のためだったか。

実はメリーベル、かなりエトワール達にデレデレで、本当の孫のように可愛がっている。これはうちのメイド全員とシャルロット達文官娘も似たようなものだけど。

「今は農作業用に数頭いるだけだったね」

「はい。今いる牛は、乳牛には歳を取りすぎています」

そこに、シルフが割り込んできた。

「メリーベル、牛に関しては少し待って」

「……こ、これは大精霊様！」

「どうしたんだい？　シルフ」

パペックさんが突然現れたシルフに固まるが、僕達はいつもの事だから驚く事もない。

シルフがさらに告げる。

「極上のミルクなら、ミルクイーンよ！」

「ミルクイーン？」

「ええ、極上のミルクを生産する牛の魔物よ」

「魔物って、大丈夫なのか？」

「ミルクイーンは大人しいから大丈夫よ。下手したら、普通の牛よりも大人しいんじゃないかしら」

「おお！　ミルクイーンとは！」

パペックさんも知っているみたいだ。

「パペックさんもご存知で？」

「はい。幻《まぼろし》のミルクと呼ばれています。王侯貴族でも滅多に口に出来ないものですぞ！」

「そんなに美味しいなら、王都辺りでも売ってそうですけど、見た事ないですね」

「それは当然ですよ、タクミ様」

パペックさんが言うには、ミルクイーンは普通の牛の三倍はある巨体らしい。しかしその気性の穏やかさ故《ゆえ》に他の魔物の餌《えさ》となりやすく、今はその数も少ないとの事。強力な魔物が少ない辺境に、少数が生息しているだけなのだとか。

パペックさんがため息交じりに言う。

「流石に巨体のミルクイーンを長距離移動させるのは難しいのです」

「確かに……って、なら、僕も無理なんじゃないの？」

「何言ってるのよ。タクミなら簡単でしょ」

まあ、シルクが言うように、転移が使える僕なら簡単ではあるか。

「では旦那様、よろしくお願いします。私は牧場建設の手配と、世話係の選定を進めておきますので」

「あっ、メリーベル！……行っちゃった」

「諦めなさい。エトワール達のためでしょ。あっ、そうそう、ボルトン辺境伯からも、贈り物を運ぶ馬車の隊列が直ぐ側まで来ているわよ」

「ええ!? それを先に言ってよ！」

シルフから今度はボルトン辺境伯だと言われ、僕は出迎えるために門へと急いだ。

11　獅子の牙と再会

ボルトン辺境伯からのお祝いは、大量のトレント材だった。

これには聖域に住むドワーフやエルフも大喜びだった。

流石に大量のトレント材を倉庫に運び入れるのは大変なので、とりあえず僕のアイテムボックスに片っ端から収納していった。

この際、アイテムボックスの容量がおかしいのはバレても仕方ない。

◇

宿泊施設で、獅子の牙の面々と再会した。

「なぁなぁタクミ、もう三人の子持ちなんだってな。俺がまだ結婚してないってのによぉ」

「ヒースさんやボガさんも妻帯者じゃないですか」

「ヒースやボガは同じ歳だから良いんだよ。お前は俺よりずっと歳下じゃねぇか」

ライルさんが絡んでくる絡んでくる。僕よりもだいぶ歳上なのに、相変わらずの軽い感じは変わらないな。

「ライル、タクミに絡むな。お前は夜のお姉ちゃんを追いかけすぎなんだよ」

「……真面目に結婚相手を探した方が良い」

ヒースさん、ボガさんに言われ、ライルさんが大声を出す。

「俺は、バインッバインッってのが好きなんだよ！」

「バインッバインッって、そんな事言ってるから騙《だま》されるだよ」

「うるさい！　俺はナイスバディなお姉ちゃんと結婚するんだぁー！」

ライルさんはそう叫ぶと、そのまま宿泊施設の部屋から出ていってしまった。お酒でも飲みに行ったんだろうな。

ヒースさんとボガさんも、やれやれといった感じだ。でも、そのライルさんの変わらない感じが懐かしくて嬉しくなった。

「しかし、タクミも人の親か。俺達も歳取ったもんだ」

「ヒースさん達はまだまだ若いじゃないですか。特にライルさん」

「ハハハッ、ライルも少し落ち着いてくれたらいいんだけどな」

「……女の尻を追っかけてばかりいるからな」

「ハ、ハハッ、相変わらずなんですね」

この日は、出島区画にあるボウリング場や宿泊施設の中に造られた遊戯室を案内し、少しだけゲームやお酒に付き合った。

◇

「しかし凄い宿だな。豪華だし、こんな遊ぶ場所まであるなんて」

「……嫁と子供を連れてきたい」

「ヒースさんやボガさんならいつでも大丈夫ですよ。奥さんとお子さんと一緒に遊びに来てください。一番良い部屋は難しいと思いますが、普通のグレードの部屋なら泊まれるようにしておきますから」

「おお！　それはありがたい」

「……嫁と子供も喜ぶ」

獅子の牙はボルトンではトップパーティーなので、豪華なホテルに泊まった経験もあるだろう。だけど、ここは僕が前世の記憶にある高級ホテルを参考に造った宿泊施設だ。ヒースさんだけでなく、寡黙《かもく》なボガさんも珍しく興奮気味だった。

そしてライルさんはというと……

「チッ、めちゃくちゃ美味《うま》いじゃねぇか」

「当たり前じゃ。聖域産のワインもウイスキーも他ではなかなか飲めんぞ」

「それよりボルトンからいなくなったと思ったら、こんな所で何してやがる」

バーカウンターで、ドガンボさんを相手にくだを巻いていた。

バーカウンターでは、ドワーフが交代でバーテンダーをしている。お酒の美味しい飲み方の研究をしているのだとか。

「何って、儂らドワーフのする事といえば、鍛冶《かじ》と酒に決まっておるじゃろう」

「いや、勝手にいなくなるんじゃねぇよ！　俺達が装備のメンテナンスに困るじゃねぇか！」

「メンテナンスなぞ、他の鍛冶師でも構わんじゃろう。そんな事より聖域の酒の方が百倍大事じゃ」

「クッ、このクソオヤジ、一ミリも反省してやがらねぇ」

ライルさん達の装備をメンテナンスしていたのは、ドガンボさんだったらしい。そのドガンボさんが、いきなり店をたたんで消えたので困っていたとの事。

「ヒースさん達の装備をメンテナンスしていたのって、ドガンボさんだったんですね」

「ああ、ボルトンじゃ一番腕の良い鍛冶師だったからな」

「……辺境にドワーフの鍛冶師は珍しい」

ヒースさん、ボガさんと話していると、急にヒースさんが真面目な顔になる。

「なぁ、俺やボガが冒険者を引退したら、ここで暮らせないかな」

「えっと、移住って事ですか？」

「あぁ、俺達もいつまでも若くない。子供を安全な良い環境の中で育てたいのは、俺だけじゃなく、ボガも同じだと思う」

「…………」

ヒースさんが話すのを黙って聞いていたボガさんも頷く。

ヒースさんとボガさんは、高ランク冒険者として稼いでいたし十分な貯《たくわ》えがあるらしい。子供もまだ小さい事から、命がけの仕事から普通の仕事にと考えていたようだ。

冒険者という仕事は、危険と隣り合わせの職業で、いつ命を落としても不思議じゃない。だから長く冒険者を続けているのは、超一流の高レベルな一握りだ。

「レベルが高くなれば長生きするとはいっても、俺達レベルじゃ知れているからな」

「いや、ヒースさん達はボルトンじゃトップパーティーじゃないですか」

「トップとはいっても、タクミ達に比べればな……」

とはいえ、ヒースさんやボガさんのような一流の冒険者だった人が聖域に移住してくれるのは、僕としても願ったり叶ったりだ。

ワッパ達は少しだけパワーレベリングっぽい事はしたけど、剣や槍《やり》の扱いを含めた戦う技術は教えていない。

忙しすぎる僕じゃ手が回らないんだよね。

そこに、人柄も間違いないヒースさんやボガさんが来てくれるというなら、聖域での仕事の合間にワッパ達に色々教えてもらうのにうってつけだ。

「パーティーで相談して問題なければ、僕は歓迎しますよ。連絡はパペックさんを通してもらえれば大丈夫ですから」

「ありがとうタクミ。家族とも相談してみるよ」

「……ありがとう。俺も家族に話してみる」

ヒースさんとボガさんは本気っぽいな。あとは奥さんがボルトンの都会の生活から聖域の生活に馴染《なじ》めるかかな。

その後、パペックさん、ヒースさん達は宿泊施設で一泊すると、ボルトンへと戻っていった。

12 極上のミルクを求めて

パペックさんとボルトン辺境伯からのお祝いに、お礼状とお返しの品を送り終えると、僕はメリーベルからミルクイーン探しを指示された。

エトワール達が母乳以外のミルクを飲むようになるのは、もう少し先の話だと思うんだけど、メリーベル曰《いわ》く「聖域で乳製品が手軽に手に入るようになるのは、住民達にとっても喜ばしい事ですから」との事。

そんなわけで既に、牧場やそれに付随する施設の建設は進んでいるらしい。

で、その大人しい？　とされるミルクイーンという魔物なんだけど、本当に危険はないのだろうか。

そこのところを、ウィンディーネやセレネーにも聞いてみたんだけど、危害を加えない限り大丈夫なのは間違いないらしい。

なお、ミルクイーンが大人しい魔物なのに絶滅しない理由はちゃんとあるようだ。

まず、巨体であるため小さな魔物では襲いづらい。これはゾウやサイが襲われにくいのと同じだ。

そしてもう一つ、これが大きいらしいのだが、ミルクイーンはそのミルクは極上の味と言われるものの、肉はまったく美味しくない。

肉食の魔物でも、その労力に見合わない不味《まず》い肉のミルクイーンは、よほど飢《う》えていなければ襲わないという。

そして驚いた事に、ミルクイーンは生殖行動は必要がない。雌雄同体《しゆうどうたい》と言っていいのか分からないが、雌だけで子供を産むのだ。

魔物なのだから、動物の理《ことわり》から外れた生態でも不思議じゃないけど……実は生存競争の激しい魔物には、このタイプは珍しくないそうだ。

もう一つミルクイーンには特徴がある。

それは、子供を産まなくてもミルクが搾《しぼ》れるのだ。普通、乳牛は子牛を産む事で乳を出すようになるが、ミルクイーンは一年中休まず乳を生産する。

ミルクイーンの生態について学んでいると、メリーベルから提案があった。

「旦那様、牧場を任せる人員に、こないだいらしていたヒース様とボガ様はどうでしょう」

「えっと、ヒースさん達が冒険者を引退してから……ってわけじゃなくてなのかな？」

「勿論、今直ぐというのは難しいかもしれませんが、出来れば直ぐにでも移住してほしいと思います」

聞いてみると、ボルトンでも獅子の牙の良い評判をメリーベルも聞いているらしく、その人柄も申し分ないと思っているようだ。

確かに、ヒースさんとボガさんなら大精霊達もオーケーするだろう。

「僕もヒースさんとボガさんから移住の希望は聞いているけど、多分、今直ぐじゃないと思うんだけどな」

「まあ！　ヒース様とボガ様も移住をご希望だったのですね。戦えて人柄の良い人財は貴重ですよ旦那様。是非勧誘しましょう」

しかし、メリーベルに聞かないといけない事がある。

「……ねぇ、ライルさんの名前がないのはワザと？」

「……悪い方ではないと分かっていますが、エトワール様、春香様、フローラ様だけでなく、聖域の子供達の教育上よろしくないと思われますので」

「えっと……多分大丈夫だと思うよ。多分だけど……」

どうやら、ライルさんがボルトンで夜のお店に入り浸《びた》っているのを、メリーベルは知っているらしい。

「旦那様、ライル様が夜のお店の方に入れ上げているのは、ボルトンでは有名でございます。そのような方を、お嬢様方のお側《そば》に近づけたくはありません」

「は、ははっ、ライルさん。何してるんだよ、本当に……」

ボルトンでも有名なのかよ。

もう、ライルさんはいつまでふらふらしているつもりだろう。そろそろ身を固めてもらいたいと思っているのは、ヒースさんやボガさんだけじゃないと思う。

「とりあえず、ライルさんの事は保留でお願い。そもそも、ヒースさんとボガさんが冒険者を引退しても、ライルさんが聖域に移住したいかどうかも分からないからね」

僕がそう言うと、メリーベルは首を横に振って告げる。

「いえ、間違いなく移住をご希望されると思われます」

「えっと、どうして？」

「旦那様、聖域には独身の女性が多いのですよ」

メリーベルに言われて気付く。

聖域にはエルフや人魚族の若い女性も多いんだった。

ライルさん……大丈夫だよね。

◇

メリーベルに急かされる形で、ミルクイーン探しに取りかかる事になった。

シルフが僕に告げる。

「ミルクイーンの生息場所は私に任せてちょうだい」

「いや、それってシルフの眷属《けんぞく》から情報を集めるだけだよね」

「あら、この世界中の風の精霊は私の眷属なんだもの。その眷属の力を借りる事は当たり前でしょ。眷属達も喜ぶもの」

「まあ、風の精霊達に無理させないでね」

風の精霊達からの情報が集まり、ミルクイーンの生息場所を特定するまで三日ほど待ってほしいとシルフに言われた。

僕としては急いでいないので、急かさないでも大丈夫だとシルフには伝えておいた。


その後、シルフからミルクイーンの数頭の群れを発見したとの報せを受けた。

「ミルクイーンの生息場所が見つかったわ」

「へぇ、早かったね」

三人の子供の中でも成長が早いフローラを抱きながらシルフの報告を聞く。

フローラは獣人族故の成長の早さで、既に首が据《す》わっている。身長自体はそれほど伸びているわけじゃないけど、こういった身体能力の高さは種族的なものらしい。

「場所は、ユグル王国近くの草原。頭数は四頭で、うち一頭は子供だから、直ぐに搾乳出来るのは三頭ね」

「えっと、四頭とも捕獲するの？」

「当たり前じゃない。極上のミルクがあれば、デザートのバリエーションも増えるんでしょ」

「目的はそれなのか……」

やけにメリーベルだけじゃなく、シルフが協力的だと思っていたら……自分の欲望に忠実すぎるだろ。まあ精霊は自由だから仕方ないか。

「その場所からなら転移出来るから大丈夫だね」

巨体のミルクイーンを四頭一度に転移させるのは多少魔力を消費するけど、今の僕なら問題ないだろう。

「……それに、私が眠らせるから大丈夫」

「おわっ！　ニュクスか。びっくりした」

急にニュクスが現れて驚いて大きな声を出したから、腕の中のフローラが泣き出してしまった。

「お～、ごめん、ごめん。驚いたね～～」

「……ごめんなさい」

三人がかりで何とかフローラをあやして泣きやませる。

それから、ニュクスがミルクイーン捕獲に付いてくる理由を聞く。

「それで、眠らせるって、ミルクイーンって魔物らしからぬ大人しさなんだろう？」

「バカね、タクミ。大人しくてもミルクイーンは巨体の魔物よ。そしてミルクイーンは臆病なのよ。タクミ達みたいな強者が近づくと怖がって暴れるかもしれないでしょ」

「……そう、だから眠らせる」

「なるほど……」

　言われてみれば納得だった。いくら大人しいと言ってもミルクイーンは魔物で、しかもその身体は普通の牛の比じゃないくらい大きいと聞いている。そんなのがパニックになって暴れたら、僕達は大丈夫だとしても、ミルクイーン自体が怪我をするかもしれない。

「一頭だけなら、タクミがテイムでもすればいいんだけど、タクミは四頭一度にテイム出来る？」

「無理だな。一旦聖域の牧場区画に連れてきてから一頭ずつテイムするか……」

「もしかすると、ボス的な一頭をテイムすればオッケーかもしれないけど、どの子がボスなんて分からないでしょ」

「そうだな。ニュクスに眠らせてもらって連れてくるのが一番スマートだな」

「そういう事」

「……任せて」

　そこでふとニュクスを見る。普段あまり聖域から出る事もなく、ゴロゴロ寝ている事が多いニュクスが、自分から手伝うと言うのに違和感を覚えてたんだよね。

「ニュクス」

「……ん、なに？」

「何が目的？」

「…………卵の確保は出来た。あとは美味しいミルクがあれば良い」

「えっと、どういう事？」

「……美味しいミルクがあれば、タクミにシュークリームをたくさん作ってもらえる」

「シュ、シュークリーム？」

「ニュクスはシュークリームが大好きだものね。私もミルクイーンのミルクから作った生クリームを楽しみにしているわ。色々なデザートに使えるものね」

「はぁ〜、そういう事ね。分かったよ」

僕が頼んだとはいえ、いやに積極的に手伝ってくれる大精霊達の目的も理解した。女性の甘い物好きを侮《あなど》っていたよ。

◇

未開地を猛烈なスピードで北に向け走る馬車があった。

勿論、竜馬《りゅうば》であるツバキの引く特別製の馬車だ。

街道とはいえ、アスファルトで舗装《ほそう》された道と違って平坦とは言えない道を、ふざけたスピードで走る馬車の中は意外にも快適だった。

当然、サスペンションやダンパーで吸収出来るような振動じゃないのだが……この馬車は改造に改造を重ね、車輪やサスペンションなどのシャーシ部分と人の乗る部分が分離し、浮き上がるようになっている。

浮き上がらせるために、多少大きめの魔晶石《ましょうせき》が必要だったけど、本格的に空を飛ぶわけじゃないので、大きいと言っても拳大《こぶしだい》に収まったしね。

「このペースならそろそろ見つけられそうだね」

「ええ、もう近いわよ」

今回のミルクイーン捕獲には、僕とカエデの他には、シルフとニュクスという最少人数で来ていた。

シルフの指示する方向へ、街道を外れて進む。

流石に道のない場所はスピードを落とすが、それでもツバキの走るスピードは魔馬《まば》に比べても速い。

「ツバキ、速度を落として」

シルフの指示でツバキがさらにスピードを落とす。

「タクミ、あそこよ」

「ああ、いるね。ってか、大きいな」

シルフの指差す方向に、四頭まとまって草を食べている牛のような魔物を発見した。

その姿は、ずんぐりむっくりなゼブラ柄の牛だ。

ただし、どう見ても体高が三メートルはある。それに胴体に幅があって脚が太く短いからか、余計に大きく見えた。

ニュクスがぼそりと言う。

「……さっさと眠らせる」

「そうだね。行こうか」

ツバキが近づくと逃げるかもしれないので、僕達は馬車を降り、ツバキは亜空間へ。

シルフとニュクスは姿を消す。僕とカエデは気配を消し、認識阻害の外套《がいとう》と隠密《おんみつ》スキルを使って風下から近づいていく。

これでミルクイーンがいくら匂いに敏感だとしても、気付かれる事はないだろう。

気配を消して近づくにつれて、ミルクイーンの巨体さを実感する。

「……眠らせるから、怪我しないよう気をつけて」

「了解」

ニュクスが姿を見せ、成体のミルクイーン三頭、子供のミルクイーン一頭に、まとめて眠りの魔法をかけた。

それを確認した僕、カエデ、そして亜空間からタイタンが、それぞれミルクイーンに駆け寄る。

グラリと揺れて倒れそうになるミルクイーンを、僕は全身に魔力を纏って身体能力を強化してから優しく受け止めた。そして、ゆっくりとその場に寝かせる。

カエデとタイタンも成体のミルクイーンを受け止めて、同じように寝かせた。

子供のミルクイーンは、シルフの優しい風でゆっくりと地面に横たわった。

ミルクイーンは巨体のため、自重《じじゅう》で怪我をしかねないからね。だから、カエデとタイタンに手伝ってもらい、眠ったミルクイーンをサポートしたんだ。

強力な魔物ならその体内に保有する魔力のお陰で、倒れた程度ならかすり傷すら付かないだろうけど、ミルクイーンは魔物としてのランクは低いんだよな。

「ふぅ、皆んな、ありがとう。何とか無事に捕獲出来たね」

「マスターモ、オツカレサマ、デス」

タイタンを亜空間に戻し、馬車をアイテムボックスに収納すると、僕らは無事捕獲出来たミルクイーンと共に聖域の牧場へと転移した。


僕達を歓声が出迎える。

「オオーー!! 大きいでありますなぁ!」

「ウワァ! デッケェ牛だぁ!」

「牛さん大っきいニャ!」

巨体のミルクイーン四頭を転移した事で、ごっそりと魔力を削られたんだけど、そうした倦怠感《けんたいかん》も、レーヴァや子供達の喜ぶ声で吹き飛んだ。

「ねぇねぇお姉ちゃん、牛さん死んでるのかニャ」

「違うニャ、ララ。寝てるんニャよ」

僕のズボンをクイクイッと引っ張って、ケットシー姉妹の妹ララが心配そうに聞いてきたけど、僕が答える前に、姉のミリが眠っているだけだと教えてくれた。

「そうだよララ、驚いて暴れて怪我をすると危ないから寝てもらっているんだよ」

「そうニャの。良かったニャ」

◇

眠りから目覚めたミルクイーンは暴れる事もなく、テイムせずとも僕達の言う事を大人しく聞いてくれた。

「マスター、この子達ここが安全だと理解したんだと思うよ。ここなら他の魔物から守ってもらえるって分かってるんだと思う」

「お乳をもらっても怒らないかな」

「全然大丈夫だと思うけど、試してみようよ」

亜空間からツバキやタイタンを出し、万が一ミルクイーンが暴れても周りに被害が及ばないようにしてから、搾乳に挑戦する事にした。

目覚めてから少し戸惑ったような仕草を見せたミルクイーンだけど、直ぐに落ち着きを取り戻したみたい。

僕はミルクイーン四頭に浄化の魔法をかけ、搾乳用に出したバケツも浄化した。

そうして昔テレビで見たのを思い出しながら、搾乳にチャレンジしてみた。

「おお！　もの凄い勢いでミルクが出るんだな。これならバケツ一杯くらい直ぐにいっぱいになるな」

「タクミ様、タクミ様、レーヴァにもさせてほしいであります」

「タクミ兄ちゃん、俺にもやらせてよ！」

「私もしたい！」

「ミリも！　ミリもニャ！」

「ララもビューってしたいニャ！」

僕が搾乳しているとレーヴァが自分もしたいと言い出し、それをきっかけに子供達が自分も自分もと騒ぎ出した。

「分かった、分かった。じゃあ並んで」

僕は、レーヴァと子供達の身体にも浄化魔法をかけてから、順番で搾乳を体験させる事にした。

大人しいとはいえミルクイーンは魔物だから、僕、カエデ、ツバキ、タイタンが、何があっても直ぐに対応出来るように神経を研《と》ぎ澄《す》ませて待機していたんだけど……そんな心配はまったくなかったな。

寧ろ搾乳されるのが気持ちいいのか、ミルクイーンは搾乳される間、気持ち良さそうに動きもせずじっとしていた。

ミルクイーンから搾乳されたミルクは、あっという間にバケツ十杯にもなった。

「旦那様……」

「えっと………分かったよ」

そして、いつの間にか来ていたメリーベルが、何かを求めるような視線で僕を見ていた。

メリーベルの言わんとする事を理解した僕は、搾乳したミルク全部に浄化魔法をかける。

普通、スーパーやコンビニで売っている牛乳は加熱殺菌されている。高温で数秒間の殺菌を施している一般的な牛乳と、低温で時間をかけて殺菌している少し割高な牛乳があるんだよね。

でも、ここは魔法が存在する世界。浄化魔法なら味を損《そこ》なわないで安全なミルクを手に入れる事が出来るんだ。

メリーベルは屋敷から連れてきたメイド達を指揮し、バケツ一杯分のミルクを残して、それ以外のミルクが入ったバケツを屋敷へと運ばせた。

それからメリーベルは、残ったバケツを指差して僕を見る。

「……分かっていますよ」

僕はバケツに入ったミルクを魔法で冷やし、飲み頃の温度にした。一方、メリーベルは子供達に木製のマグカップを渡していた。

うん、皆んな味見したいもんね。

早速、皆んなで飲んでみたんだけど、ミルクイーンのミルクの味は、確かに今まで飲んだ事のないほど極上だった。

なお、ミルクイーンからは一度にかなり大量のミルクが搾れる事が分かった。

それでも聖域の住民全部に行き渡る量はないので、引き続きミルクイーン探索を続ける事になった。

牧場では、連れてきたミルクイーン達が戸惑うかと思われたが、意外にもすんなりと馴染み、悠々《ゆうゆう》と草を食《は》んでいる。

魔物の気持ちを大まかに感じる事が出来るカエデやツバキによると、他の魔物に襲われる事なく、餌は豊富で水も美味しいこの場所が気に入ったらしい。毎日ミルクを搾乳されるのに関しては、子供の分さえあれば、それは全然問題ないのだとか。

魔物にビクビクしなくて済み、ストレスから解放されているので、ミルクイーンのミルクの質も上がっているかもしれない。

僕は屋敷に戻ると、メリーベルにミルクを分けてもらう。

「デザートでも作られるのですか？」

「期待を裏切るようでごめんね。お風呂上がりに飲む用なんだ」

「そうですか。ですが、デザートも期待していますね」

「は、ははっ、勿論考えているよ」

メリーベルやメイド達にはプリンのレシピは教えてあるけど、あの顔は違う種類のデザートを作ってほしいって事なんだろうな。

どうしようかな……ドリュアスのお陰でバニラビーンズが手に入ったから、カスタードクリームでも作って、シュークリームを作ろうかな。

もらったミルクをチョチョイと加工して、瓶に詰めた僕の分は冷蔵の魔導具で冷やしておこうっと。

◇

そして今僕は、大人が五人一緒に入っても余裕がある広いバスルームにいた。

僕はソフィアやマリア、マーニと結婚してから、お風呂には必ずそのうちの誰かと一緒に入っていた。時には四人で入る事もある。

エトワールや春香、フローラが生まれて少し経ち、今は三人の子供達とソフィア達三人、それと僕の大人四人と赤ちゃん三人が一緒に入っている。

前世の知識では、新生児はベビーバスなんかで個別に沐浴《もくよく》させた方が良いと聞いた事があった。

だけど、バスルームやお風呂のお湯を含め、浄化魔法を使っているので多分大丈夫だろう。こっちの人達はそんな事気にせず一緒に入っているって聞いているしね。

「よしよし、気持ち良いか、エトワール」

手のひらにエトワールの頭を乗せ、身体を腕に乗せて支え、柔らかな布で優しく撫でるように洗う。

エトワールもご機嫌だ。

「エトワール、パパに洗ってもらって嬉しそうね」

「そうかな。そうだと嬉しいんだけど……と、はい、ソフィア、エトワールをお願い」

「はい」

ソフィアにエトワールを渡すと、待ち構えていたように、メイドの中で最年少のティファがバスルームに入ってきて、ソフィアからエトワールを受け取ろうとする。

「ソフィア様、エトワール様を」

「お願いね、ティファ」

エトワールは直ぐにバスタオルに包まれて、バスルームから連れていかれる。

バスルームの外で同じくメイドのサーラが待ち構えていて、ティファと一緒にエトワールの身体を拭いたり、髪の毛を乾かしたり、水分の補給をしたりしていた。

続けて、春香、フローラをお風呂に入れていく。

幸いにも子供達はお風呂が大好きで、ぐずったり泣いたりする事もない。

お陰で、ソフィアやマリア、マーニと協力しながら三人の子供をお風呂に入れるのが、毎日の楽しい日課になっていた。

気持ち良すぎてウトウトし始めたフローラがティファに連れていかれ、そこでやっと一息つく。

「お疲れ様です」

「ありがとう。でも、子供達をお風呂に入れるのは、僕にとって大事なスキンシップだからね」

ソフィアに労《ねぎら》われお湯に浸かる。

ここからは大人四人でゆっくりとお風呂タイムだ。

「タクミ様、髪の毛を洗います」

「じゃあ、私は身体を洗いますね。ソフィアさんも一緒にどう？」

「じゃあ半分ずつねマリア」

こうして僕の髪の毛や身体を洗うのをソフィア達三人がする事が決まりになったのも、子供達が生まれてからだ。子供達の世話も大切だけど、夫婦の時間も大切だからと言われると、少し恥ずかしいけど断れない。嫌じゃないしね。

お風呂から上がった僕は、バスタオルを腰に巻いただけの少しだらしない格好のまま、足を肩幅に広げ、腰に手を置き、瓶に入った茶色の液体を一気飲みする。

「プッハァ〜〜！　美味い！」

僕がお風呂上がりに飲んでいるのは、ミルクイーンのミルクから作ったコーヒー牛乳だ。

僕は子供の頃、銭湯へ行くとお風呂上がりにコーヒー牛乳を飲むのが楽しみだった。それを再現してみたんだけど、ミルクイーンのミルクはヤバかった。激ウマだ。

ミルクイーンのミルクが極上だと評判になるわけだ。ミルクに少しの甘味とコーヒーの風味を加えただけの物だから、コーヒー牛乳と呼んでいいのかどうか分からないけど。

「美味しいですね」

「私はこのフルーツ牛乳が好きですね」

「私はストレートのミルクも好きです」

ソフィアも気に入ったようで、瓶は空《から》になっている。マリアが飲んでいるのは、フルーツフレーバーのフルーツ牛乳で、マーニはミルクをストレートで飲んでいた。

ミルクイーンのミルクは、勿論ストレートで飲んでも美味しいからね。

13　ミルクは万能

風呂上がりのコーヒー牛乳やフルーツ牛乳は、女性陣と子供達に人気となった。

勿論、ドワーフを代表とする大人達は、風呂上がりには冷えたエールなんだろう。僕も風呂上がりのビールは好きだったし、気持ちも分からなくもない。

当然、コーヒー牛乳やフルーツ牛乳では、新しいスイーツを期待していたメリーベルや他のメイド達は納得するはずもない。

そんなわけで、僕はミルクイーンのミルクを遠心分離器の魔導具を使って、生クリームを製造した。

本当なら直接生クリームを錬成出来るんだけど、それでは僕かレーヴァしか作れないから、遠心分離器の魔導具は必要だったんだ。

ミルクイーンのミルクじゃないけど、プリンは今までも作っていたので、味の傾向が似ているカスタードクリームを使ったシュークリーム作りは後回しにした。

それで、シュークリームの前に、生クリームたっぷりのパンケーキを食べてもらおうと考えたんだ。生クリームなら、ミルクの味が直接的に影響するかなと思ったんだよね。

「パンケーキ作りの準備は出来たけど……やっぱりシュークリームも用意しておいた方が良いかな。あとで何か言われそうだし」

出し惜しみする事なくそう考えた僕は、シュー生地も一応作り始める。

勿論、バターもミルクイーンのミルクから作った物を使った。

卵は、パペックさんが鶏を持ってきてくれていたので、前よりも生産量が増えている。そろそろ聖域全体で、毎日食べられるくらいの量は生産出来ているのかな。

デザートを作るとなると、砂糖の消費量が半端なく増えるんだけど、聖域に限って言えば、ドリュアスのお陰で砂糖には困らない。

確かカスタードクリームは、卵、牛乳、砂糖、薄力粉だったと記憶している。他のレシピもあるのかもしれないけど、とりあえずこの材料で、正解の分量を探しながら試作を繰り返す。

これも分量が分かれば、次からは一瞬で錬成が可能なんだけどね。

因みに、この世界にもパンケーキは存在する。あまり甘くないパンケーキ生地に、高価な蜂蜜《はちみつ》か、メイプルシロップに似た樹液を出すトレントから採れるトレントシロップをかけて、食べる感じらしい。

蜂蜜もトレントシロップも大変高価なので、富裕層にしか口にする事はないのだとか。

僕も前世ではアラフォーのサラリーマンだった事もあって、世間でパンケーキが流行っていても、実際に食べに行く機会はなかった。流石に、女の人ばかりの中に交ざって、パンケーキを食べるのはハードルが高かったからね。

それでもテレビや雑誌、ＳＮＳで見ていたから、あの見た目の再現は可能だと思う。

「生クリームって、砂糖を大量に使うんだな。メリーベル達大丈夫かな」

うちは人数が多いから、大量のホイップクリームを作ったんだけど、その際入れる砂糖の量に若干引いたのは仕方ないよね。

◇

そして僕は現在、大量のパンケーキを焼き続けていた。

屋敷の中が、パンケーキを焼く甘い匂いでいっぱいになる。

「はい、二人分出来たよ！」

「わーい！　次はレーヴァのです！」

パンケーキを焼き上げ、手早くホイップクリームでデコレーションし、そこにカットフルーツを飾る。

出来上がったお皿を直ぐにメイド達が運んでいく。

「くっ、娘達と触れ合いたいのに……」

「マスター！　おかわりー！」

カエデの声が聞こえる。もう何回目のおかわりだろう。

「どうしてこうなった……」

パンケーキとは別に、シュークリームも結構な量作ったんだ。

ああ、この世界でもトップクラスの高レベルの僕の腕が筋肉痛になるくらい、大量のカスタード

クリームを作ったのに。

……ええ、一瞬だったさ。

大量のシュークリームがあっという間に食べ尽くされちゃったんだ。

ソフィアやマリア、マーニまでが喜んで食べたからね。シャルロット達文官娘とエリザベス様、ルーミア様とミーミル様までが、取り合うようにして食べていた。

ええ、無言の圧力ってヤツで……また作る事になったんだ。

流石にまた一からシュークリームは無理なので、パンケーキの方を大量生産する。まあ、カスタードクリームは錬成で作れるようになったんだけどね。でも、シュークリームの完成形を錬成するのは難しいんだよなぁ。

ホイップクリームを作るのも大概大変だったけど、カスタードクリームよりはマシだ。一度正解の分量を見つけて作れば、次からは錬金術で錬成可能だしね。

そして僕にとっては誤算だったんだけど、甘い匂いに誘われたのか、ワッパ達までやって来た。

ケットシーのミリとララや、猫人族のワッパとサラが匂いに敏感なのは分かる。人族のコレットやシロナ、エルフのメラニーとマロリーまでが、匂いに誘われて来るなんて……

「タクミー！　私達の分もお願いねー！」

「お姉ちゃんは、フルーツ多めでお願いね～！」

「私は、全部マシマシでお願いねー！」

「私はミルクもお願いねー！」

「……五枚重ねでお願い」

「げっ！」

必死になってパンケーキを焼き続けていると、恐れていた事が起こった。

ウィンディーネ、ドリュアス、シルフ、セレネー、ニュクスの大精霊からのリクエストの声が響いたのだ。

途中から満足したマリアやメイドが手伝ってくれたけど。

結局、この日僕は、信じられない量のパンケーキを焼くはめになったのは言うまでもない。

◇

シュークリーム＆パンケーキ祭りが開催された次の日、僕はリビングでグッタリとしていた。

流石にメリーベルも反省したのか、次からはメイド達で作ってくれると約束してくれた。

それと、砂糖の消費量の多さに気が付いた女性陣は、これは頻繁に食べるのはまずいと理解したようだ。

というより、「甘い物を食べすぎると、肥《ふと》るかもしれないよ」とボソリと呟いた僕の言葉が効いているんだと思う。

昼食を食べた後、エトワール、春香、フローラが眠っているので起こさないよう、僕はキッチンにやって来た。そうして、メイド達とマリアと一緒に、ミルクイーンのミルクを利用した料理を試作しようというわけだ。

今までも牛乳を使ってクリームシチューなんかは作っていたけど、牛乳がミルクイーンのミルクに変わるだけでも味は格段に上がると思う。

「まず、クリームシチューは夕食用に多めに作ろう。他にはグラタンなんかも良いな」

「フレンチトーストが食べたいわ！」

背後からアカネがリクエストをしてきた。

「いや、フレンチトーストは夕食にはならないだろう。百歩譲って朝食ならまだしも、甘い物を夕食にはしないよ」

「デザートにすれば良いじゃない」

「いや、デザートって、食後のデザートには重いよ」

「う〜〜、仕方ないわね。三時のおやつで我慢してあげるわ」

「フレンチトーストを作るのは決定なのかよ。はぁ、分かったよ。でも、量はそんなに多く作らないよ」

「オッケー！　じゃあ頼んだわよ！」

アカネはそれだけ言うと、キッチンから出ていった。

「アカネ様、アカネ様、フレンチトーストって美味しいのかニャ？」

「ええ、甘くてとても美味しいわよ」

「ヤッター！　オヤツの時間が楽しみニャ！」

キッチンから離れていくアカネとルルちゃんの声が遠ざかっていく。そんな二人の会話を聞きつつ、僕は呟くように言う。

「じゃあ、気を取り直して料理を始めようか」

「私はジャガイモの皮を剥きますね」

「あっ、私も手伝います」

「お肉は何を使いますか？」

「鶏肉にしようかな」

マリアやメイド達と手分けして料理を始める。

僕はベシャメルソースを担当する。ソースの量が量だけに、混ぜるのがメイド達では大変だからね。

これも、僕とレーヴァならゆくゆくは錬成可能だけど、料理に関しては極力普通に作る事にしている。日常的に料理してくれる人が使えない方法は問題あるよね。それに料理って、やっぱり愛情を込めて作るものだと思うし。

グラタンは、定番のマカロニグラタンにしよう。マカロニは、材料を正確に分量を測って用意し、一気に錬金術で錬成してしまう。

メイド達なら一から捏《こ》ねてパスタを作るんだろうけど、今回は手を抜かせてもらう。

(フレンチトーストか……アイスクリームを添えて食べたら美味しいよな)

アカネがフレンチトーストなんてリクエストするから、僕も食べたくなったじゃないか。

僕は、マリアとメイド達に作業を任せ、アイスクリームを作ろうと材料を取り出す。それから錬金術で錬成するための最適なレシピを模索する。

素材の割合を変えて、何種類か少量試作し、味見してみる。

(うん、甘さはこのくらいが僕は好きかな)

卵やミルク、生クリーム、砂糖の割合が決まれば、今度は大量に作っていく。

ここからは、魔法と手作業を合わせる。

確かアイスクリームは、途中何度かかき混ぜながら冷やしていくはず……そんな浅い知識を駆使して作っていった。

クリームシチューが完成し、三時のオヤツには重いけど、マカロニグラタンもあとはオーブンで焼けば完成だ。

ミルクとバターと卵、砂糖をかき混ぜ、硬くなったパンを切って浸す。

マリアがそれを見て不思議そうにしている。

「パンを使ったお菓子ですか？」

「う〜ん、お菓子なのかな。まあ、デザートといえばデザートだし、僕は無理だけど朝食にも出来るかな」

フライパンにバターを入れ、十分に液が染み込んだパンを焼く。

たちまち甘い匂いがキッチンに漂う。

「はっ！　結局、甘いデザートを作っているじゃないか」

「もう遅いですよ、タクミ様。メリーベルさんにも知られちゃいましたから」

「はっ！」

振り返ると、メリーベルがニコニコして立っていた。

「期待していますよ、旦那様」

「は、ははっ、もう直ぐ出来るから……」

それから、たくさん並べられたお皿にフレンチトーストを盛り付けていく。

「タクミ様、それは？」

「バニラアイスクリームだよ」

仕上げに、アイスクリームをフレンチトーストに載せていった。

アカネリクエストのフレンチトーストは、屋敷の女性陣に大ウケだった。特にアイスクリームは絶賛された。

フレンチトーストのアイスクリーム添えとマカロニグラタンなんかを三時のオヤツで食べたものだから、当然その日の夕食の時間は遅くなってしまったけどね。

しかし今さらだけど、エリザベス様は別にして、ルーミア様が当たり前のようにウチで食事をしているのは何故だろう。

まあ、断れないよね。

◆

シドニア神皇国の跡地の辺境にある街。

住む人の影はなく、生き物の気配すら感じられないこの場所で、唯一生物？　の活動が見られる場所があった。

人体の様々な部位で形作られた大樹。そこから伸びた何本もの人の腕が、赤い髪に黒い肌の赤子を抱いている。

それは生まれて間もないはずなのに、既に一歳程度に成長していた。

黒い赤子は、肉の大樹が形作る乳房《ちぶさ》のような物から授乳されている。

嘗て肉塊の大樹を世話していた異形《いぎょう》の存在達は、黒い赤子の誕生をきっかけに劇的な変化を遂げていた。

　人の姿からかけ離れたその見た目は変わらぬものの、動きはより洗練されている。以前は、不自由な動きしか出来なかったが、よりスムーズにより自由に動けるようになったのだ。

　これが冒険者が元となっていたのなら、もう少し事情は違っただろう。だが、彼らの多くは神光教の神官だった。それも、修業に打ち込む敬虔《けいけん》な宗教家ではなく、教会の権威《けんい》を笠《かさ》に着、既得権益を享受する事しか頭にない輩《やから》だ。

　魔法のスキルも高くないし、レベルも一般人と変わらない。そんな、シドニア崩壊前に、瘴気に侵されていた教会関係者の中でも、魔大陸への逃亡に同行を許されなかった小者が核となっている。

　この辺境のゴーストタウンと化した街は、肉塊の大樹を中心とした魔境《まきょう》と化していた。魔素はまだまだ薄いが、瘴気の濃さは大陸に点在する魔境の中でも中規模の魔境に匹敵《ひってき》する。

　このような魔境の環境は、肉塊の大樹から生まれた異形にとって、成長するための絶好の場所だった。

　出来立ての魔境故に、異形達でも狩れる魔物が大部分だ。異形達はこの魔境で魔物を狩り、成長を繰り返し、その姿を変化させていった。

　徐々に魔素が濃くなり、出没する魔物のランクが少しずつ上がっていく状況は、異形達が安全に成長するのに最適な環境だったのさ。

　こうして、肉塊の大樹に抱かれた黒い赤子の下、異形達は少しずつ力を蓄えていく。

世界を呪《のろ》いながら。

世界を瘴気で染めるため。

密かに、だが着実に、世界を壊す力を蓄えるために……

14 義父帰る

ダンテさんの、エルフ特有の整った顔が情けなく歪《ゆが》む。

エトワールが生まれ、その顔を見るために聖域を訪れていたダンテさん。彼がユグル王国に帰るのを見送るため、僕らは出島区画の宿泊施設前に来ていた。

「フリージアア、一緒に帰ろう」

「嫌よ、エトワールちゃんの成長する姿が見れなくなるじゃないの。日々成長する可愛いエトワールちゃんを私は見たいの！」

「だが、そろそろ領地に帰らねば……」

「それはあなたの仕事でしょ」

「フリージアァ〜」

およそ二ケ月近い滞在になったダンテさん。流石にこれ以上領地を長く空《あ》けるのはまずいという事で、今日領地へと帰る事になった。

小さな領地とはいえ、二ヶ月も離れる事が可能なのだろうかって、僕も心配に思ったくらいだしね。

まあ、ダンテさん曰く、農地しかない小さな領地で、近くには魔物の領域もないので、普段は領主の仕事もほとんどなく、するのは農作業の手伝い程度らしい。

ダンテさんとしては、フリージアさんも当然一緒に帰ると思っていたらしく、素気《すげ》なく断られてオロオロとしていた。

一方のフリージアさんは、エトワールを抱きながら、帰るなんてとんでもないと取り付く島もない。

「フリージア、私だってエトワールの日々成長していく姿は見ていたい。だが、領地を任された責任があるんだ。妻のお前には、側にいて私を支えてもらいたいと思うのだが……」

ダンテさんが、とても真っ当な正論でフリージアさんを説得しようと試みている。

多分、無理だと思うけど……

「何言ってるのかしら。あんな小さな領地、私がいなくても大丈夫でしょ。あなた、頑張ってね。ほら、エトワールちゃん、爺《じい》じにバイバイしましょうね～」

「ちょ、フリージア、エトワールの手を取ってバイバイしないでくれ！　エトワール、婆《ばあ》ばに帰るよう言ってくれ！」

いや、エトワールはしゃべれませんから。

それと、フリージアさんに「婆ば」は禁句《きんく》なのを忘れてますよ、ダンテさん。

案の定、フリージアさんの雰囲気が変わる。

「……婆ばって、誰の事かしら」

「ひっ！　フ、フリージア、落ち着いてくれ！　祖母なんだから婆ばだろう。俺の事を爺じと呼んでいるじゃないか！」

「私は姉《ねえ》ねよ！　婆ばじゃないわ！」

フリージアさんの表情が激変し、変な迫力のある声でダンテさんに詰め寄る。

そういえばフリージアさんはエトワールの前では、一貫して自分の事を「姉ね」と言っていたな。

実際のところ、フリージアさんやダンテさんの容姿は、流石はエルフだけあって、お爺さんお婆さんって感じじゃない。フリージアさんとソフィアが二人でいると、まるで姉妹のようだからね。

「いや、それは無理があると思うぞ、フリージア。大人しく俺と一緒に帰ろう」

「バカな事を言わないで、ダンテ。エトワールはこれからが大変なのよ。これもソフィアのためなの」

「また暇を見つけてくれればいいじゃないか。タクミ君やソフィアにも迷惑だと思うぞ」

「あら、私がいて迷惑なんてないわよね？」

話を僕とソフィアに振り、フリージアさんは表情だけはにこやかにしている。

「え、ええ、迷惑なんて……勿論、そんな事思った事もありません」

「はぁ、母上がいてくれるのはありがたいと思うが、父上と帰った方がいいのではないか？」

「そ、そうだろうソフィア。ソフィアもそう思うよな」

僕、ソフィア、ダンテさんがそれぞれの意見を口にする。ダンテさんがソフィアの意見を擁護しようとすると、フリージアさんは声を荒らげた。

「あなた、ちゃんと聞いていた？　ソフィアは私がいるとありがたいって言っているのよ！　ほら、馬車が待ってるから早く行きなさい！」

「グッ、エトワール、爺じは直ぐに戻ってくるからなぁー！」

ダンテさんは、宿泊施設でのんびりと過ごして良い休暇になったと喜ぶ馭者に引き摺られ、馬車の中に放り込まれた。

「奥様、ではお元気で。旦那様の事はお任せください」

「ダンテの事はお願いね。気を付けて帰るのよ」

「はい。では、皆様失礼いたします」

馭者の人と護衛の冒険者と共に、馬車は聖域の外へと走り出した。

馬車が聖域の門へと遠ざかっていく。

「エトワァーーーールゥーー!!　直ぐに戻るからなぁーー!!」

馬車の窓から身を乗り出したダンテさんが、エトワールの名を叫んでいる。

「もう、恥ずかしいお爺ちゃんですねぇ～」

「母上、流石に父上が可哀相なのですが」

「いいの、いいの。あの人もエトワールと一緒にいたいなら、隠居《いんきょ》してダーフィに家を任せれば済む話だもの」

ダンテさんが隠居するには早い気がするけど……そう遠くない未来にダンテさんと再会する気がするんだよなぁ。

◆

ゴロゴロゴロと整備された街道を、北へ向けて走る馬車。

聖域から東へと進み、ユグル王国、バーキラ王国、ロマリア王国の三ヶ国合同で建設された、聖域への玄関口と言える街を経由し、北へ北へと軽快に走る。

街道がキレイに整備されたお陰で、魔馬が引く馬車なら、ユグル王国までかなりの時間が短縮されていた。

それでも一日、二日で着く距離ではないのだが。

それはさておき、その馬車の中は、どんよりと重たい空気で満たされていた。

勿論、その重い空気の原因は、シルフィード家当主で、ソフィアの父親であるダンテに他ならない。

「いや～、あの宿は豪華で快適でした。見た事もない遊具もあって、毎日退屈しなくて良かったです」

「そうだな。バーでは美味い酒が安くて、ついつい毎日飲みすぎたからな」

「ああ、ユグル王国でもあのレベルのワインは飲めないな。国に帰って不味い酒で我慢しないとと思うとな」

「…………」

駅者や護衛の冒険者が、ダンテが醸し出す重い雰囲気を少しでも紛らわせようと、聖域の宿泊施設での事を楽しげに話す。

しかしダンテの暗い表情は変わらなかった。

「はぁ～、旦那様、元気を出してください。確かに距離がありますので、気楽に行く事は出来ませんが、農閑期にまた来ましょう」

「…………」

「奥様も、もう少しエトワール様と過ごせば、お戻りになられると思いますよ」

「…………」

落ち込むダンテを元気づけようと、駅者をしながら話しかけるが効果はなさそうだ。

そこで突然、ダンテが駅者をする使用人を問い詰める。

「……フリージアがエトワールの側から離れると思うか?」

「えっ、そ、そうですね。流石に満足すれば帰ろうとするのでは?」

「甘い! 甘い! 甘いぞ! お前はフリージアを分かっていない! エトワールの可愛いさを侮っているのか!」

「ちょ、ちょっと旦那様!」

「俺だって、エトワールと離れたくなかったんだ! フリージアが簡単にエトワールの側から離れるなんてありえないだろう!」

「落ち着いてください、旦那様!」

「俺は冷静だ。落ち着いている。だから分かるんだ。フリージアが帰る気がない事を」

「あ、ああ、そうですね。奥様はそういう方でしたね」

ダンテは激昂《げっこう》したように見えて、流石に自分の妻の性格と思考はよく分析していた。

フリージアがエトワールの成長を見守りたいと言ったのは、本気も本気。寧ろこのまま聖域に移住すると言い出さないだけ、夫である自分を気遣っている。ダンテはそう思っていた。

「旦那様、うちは小さな領地ですから、またエトワール様に会いに行く機会はありますよ」

「う、うむ……いや、そうだ。俺がいなくても大丈夫になれば良いんじゃないか」

「えっ?」

「そうだよ。うちには立派とは言えないが、跡継ぎがいるじゃないか」

「旦那様、落ち着いてください！　ダーフィ様は流石に若すぎるのではないですか？」

領地経営という仕事があるせいでエトワールに会えないのなら、領地を跡継ぎに任せてしまえばいいじゃないか。

そう考え、急に元気になるダンテに、慌てる馭者。

馭者の使用人の意見は、ユグル王国に住む一般的な感覚だった。人族の基準で考えれば、ダーフィは若すぎると言われる年齢ではないのだが、エルフの基準で言えば、まだまだひよっこ扱いされる年齢だ。

「何だ、簡単な話ではないか。領地を拝領して五十数年。領地経営も何とか軌道に乗り、タクミ君やソフィアのお陰で、勿体なくも陛下や王妃様、宰相のバルザ様とお目にかかる機会を得、陰に日向《ひなた》にシルフィード家を援助していただけるようにもなった。今ならダーフィが家を継いでも大丈夫だろう」

「ま、まあ、そうですかね……」

因みにユグル王国としては、大精霊の事があるのでタクミ達とは極力敵対したくない、寧ろ常に太いパイプを持っていたいというスタンスである。そうなると、ソフィアの実家であるシルフィード家との関係も重要になってくる。騎士爵に過ぎないシルフィード家だが、今後は手厚く保護するのも当然だろうと目されていた。

なお、ユグル王に至っては、シルフィード家を二階級ほど陞爵《しょうしゃく》させ、男爵の爵位を与えようとさえ思っていた。ただ、男爵相当とするにもユグル王国には余分な領地はそうそうにないため、実行されずにいるのだが。

「ハッハッハッ、何だ、簡単な話じゃないか。俺が隠居してダーフィが家を継ぐのが少し早くなるだけだ。クックックッ、エトワール、爺じは直ぐに会いに行くからねー！」

「はぁ、ダーフィ坊ちゃん、お気の毒に……」

ユグル王国に向け、北へと直走《ひたはし》る馬車の中は、さっきまでの重苦しい空気は霧散《むさん》し、ダンテの高笑いが溢れていた。

その時、王都の騎士団で働いているダーフィが謎の悪寒《おかん》に襲われたとか。

15　ダーフィの帰省

ダンテがユグル王国の国境付近に差しかかっていた頃。ダーフィは何故か、騎士団長から呼び出されていた。

「えっと、帰省ですか？」

「おお、そうだ。今はダンテ殿とフリージア殿が不在だと聞く。長期にわたり領主が不在では領民も不安だろう。嫡男《ちゃくなん》のお前がしばらく留守を守ればと、バルザ宰相殿がおっしゃってな」

「さ、宰相閣下が！」

ダーフィが驚愕するのも無理からぬ事、騎士爵の跡取りに過ぎないダーフィにとって、一国の宰相にしてエルフの長老であるバルザの名は重すぎた。

勿論、バルザは既に精霊経由でソフィアの出産を掴んでおり、そのせいでダンテとフリージアが聖域へと孫の顔を見に行ったのを知っていた。

そうでなくとも、タクミの家の隣にミーミル王女の屋敷があり、しかも今はルーミア王妃が聖域に長期滞在中なのだ。精霊を介さずとも情報はいくらでも入ってくる。

ここで少しダンテとフリージアに恩を売り、タクミと新しく生まれたソフィアの子供との縁を繋げれば儲けもの。そうした思惑がバルザにはあった。

「……分かりました。父が戻るまで、領地を治めてみせます」

「よく言った。これも跡を継いだ時の予行演習と思っておけ」

「はっ、了解いたしました」

ダーフィが敬礼して退出していくその背中を、騎士団長が哀れみの目で見つめる。

騎士団長は聞かされていた。ダーフィが遠くない未来に、シルフィード家の当主となるだろう事を。

実は、馬車の中でダンテが声高《こわだか》に、隠居してダーフィへ領地を託《たく》すと叫んでいたのは、精霊経由で王城に筒抜けだった。風の精霊には隠し事は出来ないのだ。

因みに、姉ソフィアへの対抗心から濁った心を持つダーフィは未だに精霊の声が聞けない。姿だけは何とか見る事が出来るように戻っていたが、それも上位の精霊でなければ無理で、ほとんど精霊を見られなかった。

そんなダーフィだから、両親の考えなど知る由もない。

「とりあえずシルフィード卿に、この書類を渡してくれぬか」

「父にですか？　何の書類でしょうか？」

「なに、渡せば分かる。ああ、貴殿は見てはならんぞ」

「は、はぁ」

騎士団長から手渡された書類の封筒の中身が気にならないわけがない。

だが、流石に一国の宰相から父へ宛てた物を、見るなと言われて覗き見る度胸はダーフィにはなかった。

その後、納得はいかないが引き継ぎをして、王都からシルフィード領へと帰省する準備を始めるダーフィ。

彼は大きくため息をついた。

だいたい、母のフリージアなど、姉のソフィアの妊娠が分かった時点で聖域行きの準備を始めていたという。そして生まれたとの連絡を受け、父のダンテまでが聖域へ行ってしまった。

領地を放り出して二ヶ月も戻らない父に思うところはあるが、半年以上帰らない母に比べればまだマシだと、苛《いら》つく心を鎮める。

まあ、どうせ領主が数ヶ月不在でも、たいした影響はない小領故、慌てて自分が戻る必要性を感じていなかったのだが……

◆

王都から離れるほどに、馬車の窓から見える風景は田舎《いなか》のそれになっていく。

普段の帰省は、騎乗によるものだったが、今回は長期の滞在となる可能性が高いという事で、騎士団の寮に置いていた荷物の大半を馬車に積んで帰るようにと指示されていた。

ダーフィはシルフィード領が嫌いだった。

王都で尊敬される立場の騎士団の一員として働いている自分が、遠くない将来継がなければならない田舎の小領。

シルフィード領ははっきり言って、ど田舎の、小さな村がいくつかあるだけの、ユグル王国でも底辺に位置しているとダーフィは思っている。だから父のダンテには、一年でも長く当主を続けてもらいたいと思っていた。

その間に自分は騎士団で活躍し、陞爵《しょうしゃく》して現状から抜け出す。

姉への対抗心を抜きにしても、そう目標を持っていたダーフィ。

その思いは、予想外の展開に木っ端微塵《こっぱみじん》となるのだが、陞爵という一点においては、後に叶う事になる。

そしてダーフィの乗る馬車が、シルフィード家の屋敷へと到着する。

同じ頃、ユグル王国の国境を越えたダンテの馬車が、普段より休憩を減らし、魔馬が潰れる寸前まで鞭打《むちう》ちシルフィード領へと急いでいた。

孫のもとへと戻る事しか考えない父親と、跡を継ぎたくない息子は、この後直ぐに邂逅《かいこう》する。

◆

ダーフィは実家に到着し、領内の現状の報告を受けた。そして当主代行として執務に追われる事、数日。執務室に籠《こ》もり仕事をしていたダーフィに、シルフィード家の馬車が戻ってきたとの一報が入る。

バンッ！

執務室の扉が勢いよく開かれると、父であるダンテがダーフィを見つけて満面の笑みを浮かべる。

「ダーフィ！　良かった！　呼び戻す手間が省《はぶ》けた！」

「父上、落ち着いてください！　どうしたんですか、父上らしくない」

何故か興奮状態のダンテに困惑するダーフィ。

普段、どちらか言うと寡黙《かもく》な父親というイメージを持っていた。ダーフィが戸惑うのも仕方なかった。孫の力、恐るべしだ。

何とかダンテを落ち着かせようと、メイドにお茶を淹れるよう頼み、執務室のソファーにダンテを座らせる。

「父上、長く領地を空《あ》けすぎです。何もない小領ですが、領主の仕事がないわけじゃないのですよ」

「あ、ああ、すまないな、ダーフィ。だがダーフィも領主の仕事を覚える良い機会になっただろう」

「……まあ、予行演習にはなったとは思いますが」

「そうだろう、そうだろう」

ダーフィの答えを聞いて満足そうに頷くダンテ。

そこでダーフィは、バルザから父宛に預かった封筒があった事を思い出した。

「父上、そういえばバルザ宰相閣下からの預かり物です」

「バルザ様から？」

騎士爵家でしかないシルフィード家に、ユグル王国の宰相であるバルザから直接コンタクトなど、ダンテも思いもよらない。

「いや、ダーフィ、俺からも話があるのだが」

「父上、先に宰相閣下からの用事を済ませてください」

「むっ、そ、そうか」

ダンテがダーフィに話をしようとしたが、先にバルザからの封筒を見るよう言われ、それもそうかと封筒を開封した。

「むっ、おおっ！　何と！　流石はバルザ宰相様！」

「ち、父上、どうかされましたか！」

開封した封筒から出てきた、何かの書類を見て目を見開き、何故か歓喜する父ダンテに、困惑するダーフィ。

「いやなに、流石はバルザ宰相閣下だ。俺の気持ちが分かっていらっしゃる」

「……父上の気持ちですか？」

「ああ、ダーフィへの話にも関係あるのだがな」

「私にですか？」

寡黙なはずのダンテのニコニコとした笑顔に、本気で心配し出すダーフィ。

「ソフィアに子供が生まれたのは知っているな」

「……はい」

「エトワールという名の可愛い女の子だ」

「ええ、名前は知りませんでしたが、父上が長く領地を空《あ》けた原因ですし、知ってはいます。ところで、母上のお姿が見えませんね」

そこで、ダーフィは母の姿が見えない事に首をかしげる。

ダーフィは王都にいたので、正確には知らないが、母親のフリージアがソフィアの妊娠が分かってから少しして、実家を飛び出し聖域に向かったと聞いていた。

風の精霊の声を聞かなくなってしばらく経つが、フリージアが風の精霊からソフィアの妊娠を聞いて駆けつけたのだろう事は分かる。

フリージアが聖域に向かったと聞いた時期から考えれば、既に半年以上帰っていない事になる。

流石に今回父と一緒に帰ってくるとダーフィは思っていたのだが。

「いや、フリージアは聖域にいるぞ」

「えっ⁉　母上はまだお帰りじゃないのですか？」

「ああ、フリージアも可愛いエトワールに夢中でな。まあ、エトワールが可愛いすぎるから仕方のない事なんだが、日々成長するエトワールを見たいと言われるとな」

「……はっ？」

「エトワールは可愛い〜ぞぉ。シルフィード家にはない銀髪だが、顔立ちはソフィアに似て愛らしいし、耳の形は俺に似たと思うんだ」

「えっと、ち、父上」

母がしばらく帰らない事は分かったが、父が突然孫バカ全開でデレデレになっているのを見て、ダーフィには戸惑いしかない。

そして戸惑うダーフィに、ダンテがバルザから渡された書類を見せる。

「そこでこれだ！」

「こ、これは……」

「当主交代の申請書類だ。これにサインをしろ。それを貴族院に提出すれば、晴れて俺は隠居の身だ。思う存分エトワールを可愛がれる！」

「なっ！」

絶句するダーフィ。

そして重要な事に気が付く。その書類を用意したのが、宰相のバルザだという事に。それが、何を意味するのかという事に。

騎士爵の嫡男でしかない自分には、その命令は遥か上の立場の者からのもの。つまり、拒否出来ぬものなのだ。

「ほれ、ダーフィの騎士団辞職の書類も入っているぞ」

「…………」

この封筒を手渡した騎士団の団長も、最初からそのつもりだったのだ。どうりで荷物を持って帰省するようにと言うはずだと、この時になってようやくあの時の違和感に納得するダーフィだった。

放心状態のダーフィの肩をポンポンとダンテが叩く。

「頑張れ、お前なら大丈夫だ……と思うぞ」

そう言うとダンテは執務室から出ていってしまった。

父のいなくなった執務室で、しばらく呆《ほう》けていたダーフィがハッと椅子から立ち上がる。

「ちょっ、ちょっと、待ってください。父上ー！」

隠居を喜び、執務室をあとにしたダンテの後ろ姿を呆然と見ていたが、ダーフィは正気を取り戻すと父を追いかけた。

隠居？　当主交代？　父上は何を言っているんだ？

ダーフィは困惑が解けぬまま走り続けた。

バルザ宰相から渡された書類は、当主交代を貴族院に提出するための書類だった？　えっ、私が領地を継ぐのか？

思ってもいなかった展開に、上手く思考が回らなかった。

「服や下着は最低限でいいな。いや、フリージアの衣装は持っていった方がいいかもしれないな……」

ダーフィが父ダンテのあとを追って、父と母の部屋に入った。そこでは、ダンテがぶつぶつと独り言を呟きながら荷造りしていた。

「父上！」

「ん、おお、ダーフィ、どうした？」

「どうしたではありません！　当主交代とは、どういう事ですか‼」

「どういう事も何も、そのままだぞ」

興奮気味のダーフィとは対照的に、ダンテの落ち着いた返答に、余計に苛立ちを募らせるダーフィ。

「まさか、姉上の子供の側にいたいという理由で、この領地を投げ出すつもりではありませんよね」

「ダーフィ、姉上の子供とはなんだ。ちゃんとエトワールと呼びなさい」

「いや、問題はそこではありません！」

「怒鳴るなダーフィ。禿《は》げるぞ」

「禿げません！」

これまでの父の姿は何処に行ったのだろう。孫が生まれ、まるで別人のようにはしゃいでいる様子に、ダーフィは困惑と戸惑いと苛立ちと、様々な感情が入り乱れる。

「ダーフィ、宰相閣下も私とフリージアが聖域にいる事で、ユグル王国とのパイプが増えると、円滑に当主交代出来るよう配慮してくださったんだ。これは決定事項だ。覆《くつがえ》る事はない」

「わ、私の騎士団での立場は……」

「う〜ん、当然、退団じゃないのか」

「…………」

帰省からの当主交代と、怒涛《どとう》の展開に、ダーフィはその場でガックリと膝をつく。

「安心しろダーフィ。俺が聖域に出発するのは、明日、明後日の事じゃない。それまで領地経営を学べばいい」

「……いつ出発するおつもりですか？」

「う〜ん、長くても十日後には出発したいかな」

「二日後も十日後も、あまり変わらないじゃないですか！　せめて、私が一人前に領地経営が出来るまで、見守ろうという気はないのですか！」

今日、帰ってきたばかりなのに、遅くとも十日後には、再び聖域へと出発すると言うダンテに、流石にそれは納得出来ないとダーフィが引き止める。

「無理だ」

「へっ⁉」

「無理だと言っている」

「いや、父上にも当主としての責任が……」

「当主はもうお前だダーフィ」

「いや、そうかもしれませんが、今までこの領地を開発してきたのは父上です。愛着もあるでしょうし、私が上手く領地経営出来るか心配になりませんか？」

「心配？　俺の今の心配は、エトワールが俺の顔を忘れていないかどうかだぁー！」

「生まれたばかりの赤ちゃんが、父上の顔を憶えているわけがないじゃないですかぁぁーー！」

なんて孫バカ発言をかますのか。大声でバカな事を叫ぶダンテに、ダーフィも叫び返した。

「フフッ、ダーフィよ。お前の姪《めい》っ子《こ》を侮るなよ。エトワールは天才なんだ。爺じの顔を憶えているに決まっているじゃないか」

「爺じって……」

エルフ故に、その見た目だけは若々しいダンテが、自分の事を「爺じ」と嬉しそうに呼んでいるのを見て、本当に別人なんじゃないかと疑いたくなるダーフィだった。

ダーフィが子供の頃から見てきた父の姿というのは、寡黙で真面目。どちらかと言えば、面白味に欠ける父親だと思っていた。

ただしそれは、ソフィアが嵌《は》められ、戦争捕虜となり、その後行方不明となった事が影響していたのだが、ダーフィが知る由もない。

母のフリージアは、おおらかで優しい母親だったが、戦争以降姉がいなくなってからは、笑う事も少なくなった。

姉が人族の男と一緒に帰省してきて以来、以前のおおらかで優しい母親に戻ったが、父のダンテは変わらず真面目に、この小領を治める平凡な当主だった。

それが…………

「バルザ様と陛下、騎士団長には、お土産《みやげ》で持たされた、聖域産のワインを贈っておこうか。きっと喜ばれるはずだ。あっ、そうだ！　エトワールに髪飾りでも買っていくか」

「……赤ちゃんに髪飾りは早いと思いますよ」

結局、鼻歌交じりに荷造りするダンテに、ダーフィがツッコめたのはそれだけだった。

吹けば飛ぶような騎士爵家の家督相続問題だが、異例にも宰相や騎士団長が認め、現当主が望めば、それをダーフィがどうにか出来るなんてありえない。

そう無理やり納得するしかないダーフィだった。

16　義父がまた来るらしい

ダンテさんが、エトワールと涙の別れをして一月くらい経った。

「そういえば、エトワールとフリージアさんは？」

「母上は、ルーミア様とエトワールを連れてお散歩に出掛けています。一応、念のためメイドが同行しているので大丈夫でしょう」

春香を抱いてあやしながら、一緒にリビングで寛ぐソフィアに、義母のフリージアさんが何処へ行ったのか聞いたら、散歩に出掛けたらしい。エトワールにはまだ散歩は早いと思うけど、色んな刺激に接するのも良い事だろうね。

それと、ルーミア様はいつまでここにいるつもりだろう。ミーミル様が何度も「いい加減に帰ってください！」と言っているのを見かけるんだけどな。

「それに、ドリュアスも一緒に付いていったから安心よ」

「ドリュアスって、意外と子供好きだからな」

いつものようにうちのリビングで寛ぐシルフから、ドリュアスも一緒に散歩に付いて出掛けていると報される。

そういえば、シルフ達大精霊には、専用の屋敷をリクエストされて建てたはずだよな。なのに、いつもこの屋敷にいる気がする。

相変わらずエリザベス様も王都へ帰る素振《そぶ》りを見せない。そのせいで、娘のシャルロットとよく喧嘩している。

シャルロットも、最初の頃は母親のエリザベス様と再会を喜んでいたんだけど、一向に帰る素振りを見せず、聖域に永住しそうな勢いのエリザベス様にうんざりしているらしい。

シャルロットにとってここは仕事場だからね。母親が側にいるのは恥ずかしいのかな。

丁度その時、エトワールを抱いたフリージアさんとルーミア様が戻ってきた。

「エトワールがお眠《ねむ》みたいだから、寝かせてくるわね」

「母上、それなら私が」

「良いの良いのよ。エトワールちゃんは姉ねが良いものね～」

「母上、恥ずかしいので、いい加減に姉ねはやめてください」

「やぁよ。婆ばなんて呼ばれたくないもの」

「さぁ、寝んねしましょうね～」

「はぁ～」

ソフィアがため息を吐《つ》くも、フリージアさんはエトワールを連れて子供部屋へと向かっていった。

「さて、僕も少し仕事してこようかな」

「私もフローラを寝かしつけてきますね」

「じゃあ、春香も寝んねしましょうね～」

僕が仕事に行くタイミングで、マーニとマリアがフローラと春香をそれぞれ寝かしつけに行くみたい。

僕が書斎として使っていた部屋は、今は文官娘三人の仕事場になっている。一応、執務室と呼んでいるけど、僕は最終的なサインをする程度で済むようになってきたので、シャルロット達の仕事部屋と言ってもいいかもしれない。

「お疲れ様。どんな感じ？」

「はい。ここのところタクミ様が新しい商品をいくつも開発したお陰で、と～～ても忙しくさせてもらってます」

「そうですね。書類の量が増える一方です」

「……自重してほしい」

挨拶がてら声をかけただけなのに、シャルロット、ジーナ、アンナの三人から強烈な嫌味を言われてしまった。

「……ごめんなさい」

平身低頭《へいしんていとう》謝るしかないよね。僕自身も暴走していた自覚もあるしね。

シャルロットからエリザベス様に対しての愚痴《ぐち》を聞きながら、書類の山を片付け終えると丁度夕食の時間だとメリーベルが呼びに来た。

「旦那様、夕食の支度が整いました」

「ありがとう。直ぐ行くよ」

ダイニングテーブルに着くと、当たり前のように座っているシルフから爆弾が落とされる。

「あっ、そうそう、ソフィアの父親、確かダンテだったっけ」

「はい。そうですが」

「主人がどうしましたか？」

ダンテさんに何かあったのかと、ソフィアとフリージアさんが不安そうに聞く。

「そのダンテが聖域に戻ってくるわよ」

「「「えっ⁉」」」

ソフィアとフリージアさんだけじゃなく、僕まで声を上げてしまう。

だってダンテさんは、帰ったばかりのはずなんだから、僕ら三人が驚いて声を上げても仕方ないと思う。

「……それってどういう事なの？」

「隠居してこっちに来るらしいわよ」

「……父上、正気ですか」

「あの人もエトワールちゃんと離れたくないのね。分かるんだけど……ダーフィは大丈夫なのかしら」

「……えっ、うそ」

ダンテさんが隠居して、聖域への移住に向け準備しているらしい。シルフが眷属の精霊経由で知った情報なので間違いないだろう。

いきなり義理の両親と同居なの？

シルフから話を聞いて、最初に僕が考えたのはそれだった。

シルフから落とされた爆弾のお陰で、夕食に何を食べたのか憶えていない。まさかダンテさんが隠居までして聖域への移住を考えていたなんて……

シルフの話では、もうダーフィ君がシルフィード領に戻っていて、領主代理として仕事をしていたらしい。

どうやらダンテさんは、帰りの馬車の中では、既に隠居を決めていたようで、領地に戻った途端、ダーフィ君に当主交代を告げ、聖域への移住の準備をし始めているらしい。

「どうやらユグル王国の宰相が気を利かせたようね」

「どういう事？」

シルフが言うには、このダンテさんが隠居して聖域へ移住する件に、ユグル王国のバルザ宰相が関わっているらしい。

「ソフィアの弟が領地に、領主代理として戻るように仕向けられていたのよ。要するに、フォルセルティ、騎士団長、バルザは、ダンテが隠居してエトワールの側で暮らしたいと言っているのを、精霊経由で知ったらしいのよ。それでスムーズに当主が交代出来るよう、書類まで用意していたみたいね」

「どうしてユグル王やバルザ宰相が、ダンテさんの隠居に干渉するんだ？」

言っちゃあ悪いけど、シルフィード家は辺境の騎士爵だ。一国の国王や宰相が噛んでくる話じゃないと思うんだけどな。

「なに言ってるのよ。そんなのタクミとのパイプが増えるからじゃないの。あなたはユグル王国にとって特別な存在なのよ。精霊を信仰するエルフにとって、聖域の管理者であるタクミとのパイプは、いくつでも欲しいと思っているのよ」

「という事は、ダンテさんが戻ってくるのは決定なんだね」

「最初から言ってるじゃない」

くそっ、現実逃避もさせてくれない。

「申し訳ありません、タクミ様」

「いや、ソフィアが悪いわけじゃないって。イヤイヤ、ダンテさんが来るのが嫌なわけじゃないから」

「そんなの嫌に決まってるわよね～」

ソフィアが申し訳なさそうに謝ってきた。慌ててダンテさんを嫌なわけじゃないって訂正するも、エトワールを寝かしつけたのか、フリージアさんが戻ってきて話をややこしくする。

「いや、フリージアさんも、僕は嫌じゃないですから。ソフィアのお父さんですし、仲良くしたいと思ってますから」

「フフッ。でも、同じ屋根の下で暮らすのは、息が詰まるでしょう？」

「確かに……って、そんな事ありませんって」

フリージアさんが的確に僕の気持ちを言い当てる。

別に義理の両親と暮らすのが嫌だとは言わないけど、気を使わないとダメな人が、一つ屋根の下にいるっていうのは、少しストレスかもしれない。

そこでふと、どうして一緒に住む前提で考えているのかと気が付く。

何も一緒に住む必要はない。聖域で暮らすのなら、エトワールにいつでも会えるのだから、ダンテさんとフリージアさん用に家を用意すればいいだけじゃないかな。

そう思った僕は、早速フリージアさんに家を建てる事を提案する。

「フリージアさん、ダンテさんとフリージアさんが住む家を建てようと思いますが、何か希望はありますか?」

「あら、私はここで構わないわよ」

「い、いや、ここは人も多いですし、ダンテさんも落ち着かないでしょうし」

「う〜ん、それもそうね。あの人意外と人見知りだから、プライベートな空間も必要かしら」

「そうですよ! その方がダンテさんもストレスが溜まらないと思いますよ」

よし! 何とか良い流れに持ってこられた。

「希望があれば、可能な限り要望には応えますよ」

「……そうね。まず、二人で使用人も必要ないから、小さめの家で大丈夫だわ。リビングも圧迫感がない程度の広さで良いと思うの。ダイニングやキッチンも同じね。お風呂は大きくなくてもいいから欲しいわ。大きなお風呂に入りたくなったらここに来るから。あ、あと、寝室はダンテと私のは別にしてね」

少し考えたフリージアさんが、僕に希望を伝える。

「勿論希望には応えますが、寝室を別々にするんですか？」

「やだぁ～タクミ君、私とダンテが何歳だと思っているのぉ。もうそろそろ一人でゆっくりと寝かせてほしいもの」

「そ、そうですか。それよりも、侍女とかの使用人は雇わないのですか？　シルフィード領の屋敷では何人かいたようですし、お二人だけで大丈夫ですか？」

寝室の話は深く聞かない方がいいと、僕の第六感が訴えていたので、もう一つ気になる事を聞いた。

ダンテさんとフリージアさんは、騎士爵とはいえ、常に使用人のいる生活だったはずだ。料理や掃除など二人で大丈夫なんだろうか。

「それはそうね。料理は私も少しくらいなら大丈夫だけど、基本はタクミ君の所で食べるからいいとして、掃除や洗濯が大変ね。誰か雇うべきかしら……」

「……基本的にうちで食事をするんですね」

「あら、ダメかしら」

「いえ、勿論問題ありません」

食事の時間は我慢しよう。よく考えたら、今でもエリザベス様が居候《いそうろう》しているし、食事時にはルーミア様も頻繁に訪ねてくるから、今さらだな。

よし、スープの冷めない距離っていうやつだ。うん、そう思おう。

◇

あの後、フリージアさんから色々と細かな要望を聞いた。

建物は二階建てにして、使用人用の部屋も造る。トイレは一階と二階に一つずつ。お風呂も自分達用と使用人用の二つは欲しい、などなど。僕達の屋敷から近い事が絶対条件なのは言うまでもない。

そして今僕は、フリージアさんと屋敷の建設予定地へ歩いて向かっていた。

僕の屋敷から徒歩二分の場所。

僕の屋敷やミーミル様の屋敷が建つ中央区画は、教会や音楽堂はあるが、居住区というわけじゃないので、土地は余っている。なので、僕の屋敷と目と鼻の先というフリージアさんの希望通りの立地にする事が可能だった。

「お庭はシルフィード領の屋敷と同じくらいでいいわ」

「えっと、そこそこの広さですね」

「ええ、あまり広いと手入れが大変だもの」

「多分、手入れはそんなに大変じゃないと思いますよ」

「そうなの？」

「はい。ここにはドリュアスの眷属も大勢いますから、庭木や芝とか草花の管理をしてくれますよ」

「あら、そうなの？　でもいいわ。どうせ、ダンテしか使わないしね」

「そ、そうなんですね……」

聞けない。ほとんどの時間を僕達の屋敷で過ごすつもりなんですか、なんてフリージアさんに聞けない。

「建物は木をメインにお願いね」

「やっぱりエルフという種族柄、木造がいいですか？」

「いえ、関係ないわよ。ただ単に私の好みの問題ね」

「そうだったんですね。僕の屋敷は、木材以外にも石やレンガを使ってますから、ソフィアが我慢しているんじゃないかと思いましたよ」

ソフィアもそうだけど、ミーミル様の屋敷を建てる時もうちと同じで、木造にこだわらなかったから、我慢して使っているのかと思って焦ったよ。

フリージアさんのリクエストは、蔦《つた》の繁《しげ》った緑溢れる屋敷らしい。

蔦が這《は》うと壁面が傷《いた》みそうなものだけど、ユグル王国では精霊のお陰で木造の壁面が傷む事はないのだとか。ユグル王国で大丈夫なのだから、当然ここ聖域でも大丈夫なのだろう。

本当に直ぐに予定地に着いた。ちょっと近ずぎる気がしないわけじゃないが、これ以上遠いのはフリージアさん的に無理らしい。

その場で少し待つと、ドリュアスが現れる。

「ドリュアス、わざわざありがとうな」

「いいのよ～、タクミちゃん～。いつでもお姉ちゃんを頼ってね～」

何故ドリュアスに来てもらったのかというと、今回フリージアさんとダンテさんの家を建てる場所には、綺麗な花や木が生えていたんだ。聖域以外でならそのまま整地してしまうんだけど、ここでなら別の手段が採れるからね。

「いくわね～。さぁ、あなた達、少し移動してちょうだ～い」

ドリュアスが手を広げると、建設予定地の草木が移動していく。

「私はこの子達を空《あ》いている土地に連れていくわね～」

「ありがとう、ドリュアス。また屋敷でね」

「ありがとうございます、ドリュアス様」

「良いの良いのよ～」

草木を引き連れ歩いていくドリュアス。その草木が通る道を開けるように、芝生や草木が移動しては元に戻っている。

僕とフリージアさんがお礼を言うと、ドリュアスは手をヒラヒラとさせながら歩き去っていった。

さて、ここからは僕の仕事だ。ドリュアスが草木を移動させてくれた空き地を平《たい》らにしないといけない。

「じゃあ、早速整地をしちゃいますね」

地面に向け魔力を多めに込めて平らに整地し、且つ硬く固める。

「整地はこんな感じかな。じゃあ一度建てちゃいますから、細かな修正はその後でお願いします」

「え、ええ……」

フリージアさんが何故か呆然としているけど、気にせずさっさと建ててしまおう。

僕はアイテムボックスから石材と、大量のトレント材を取り出す。ボルトン辺境伯からのお祝いが役に立った。他にも、窓ガラス用に石英《せきえい》やソーダ灰、石灰を取り出す。

深呼吸をして精神を集中させる。フリージアさんの要望に叶う屋敷の図面を頭の中で組み立て、確かなイメージを持つ。そして失敗しないよう、いつもより多めの魔力を積み上げられた大量の資材に浸透させ、錬金術を発動させる。

「錬成！」

屋敷と同じくらいの大きさの魔法陣が地面に光り、積み上げられた資材を光が覆う。

そして次の瞬間、目の前に二階建ての木造の屋敷が建っていた。

「うん、良い出来だな」

「…………」

「タクミちゃん～、次はお姉ちゃんの出番ね～」

屋敷が完成したタイミングで、ドリュアスが戻ってきた。

ドリュアスが手を振ると、整地して剥き出しになった地面を芝生が覆い、屋敷の壁面を蔦が飾る。

「おお！　完璧じゃないか、ドリュアス」

「そうでしょう。もっと褒めていいのよ～」

「…………」

ドリュアスのお陰で、フリージアさんとダンテさんの家は、あっという間に蔦の繁った洋館に変身した。

「さあ、フリージアさん、中を確認しましょう」

「……え、ええ、そうね」

「じゃあお姉ちゃんは、タクミちゃんのお家でお茶でもしてくるわね～」

「ああ、ありがとう、ドリュアス」

さて、中のチェックと、魔導具の取り付けをしないとな。

僕はフリージアさんを促して屋敷の中へと入る。

フリージアさんの表情が少し気になるけど、気に食わないところがあったかな？

◆

ダンテがシルフィード騎士爵領の当主をダーフィに譲り、隠居して聖域へと移住してくる事になったの。

エトワールちゃんが可愛いのは分かるけど、それを理由に隠居するってどうなのかしら。まあ、私も人の事言えないわね。

流石にタクミ君も、私ばかりかダンテまで同じ屋根の下で暮らすのは息が詰まるわよね。

仕方なく……本当に仕方なく、私としてはエトワールちゃんと一緒に暮らしたかったんだけど、ダンテと二人の家を用意してもらう事になったの。

でも譲れないものもあるの。

まず、何をおいてもタクミ君達の屋敷まで近い事ね。

だって毎日通うのに遠いと大変だもの。

そんなわけで、私とダンテの住む家をタクミ君が建ててくれる場所へと行ったわ。

そこからは、魔法に造詣の深いエルフである私にとっても、驚きの連続だったの。

最初に、ここでは普通に会う事が出来る大精霊ドリュアス様がいらっしゃり、建設予定地の草木を傷つける事なく移動させてしまった。

これはエルフである私達にも見慣れた魔法のはずだけど、大精霊であるドリュアス様とでは比べるべくもないわ。

それよりタクミ君、ドリュアス様を便利使いしていいのかしら。

私がそんな事を考えていると、軽い感じのタクミ君の声が聞こえてきた。

「じゃあ、早速整地をしちゃいますね」

タクミ君がそう言うと、ビックリするほどの魔力の奔流《ほんりゅう》とともに、土属性魔法が発動し、あっという間に地面が平らに整地されたの。

凄い魔力だったはずなのに、タクミ君からは消耗している様子は感じない。タクミ君にとっては、着火やライトの魔法と変わらない程度の事なの？

困惑する私を他所《よそ》に、タクミ君は何事もないように作業を続けるみたい。

「整地はこんな感じかな。じゃあ一度建てちゃいますから、細かな修正はその後でお願いします」

「え、ええ……」

タクミ君が何処から取り出したのか、その場に大量の資材を積み上げていったわ。

石材や砂のような物から、何に使うのか分からないけど、あれは灰かしら。他にも大量の木材……あれはまさかトレント材なの？　超高級木材よね。

えっ、えっ、どうするの？　タクミ君達やミーミル様の屋敷は、タクミ君が建てたって聞いていたけど、資材の山からどうやって家を建てるの？

そんな私の戸惑いなんか知りもせず、タクミ君は通常運転で魔法を発動させたの。

「錬成！」

巨大な見た事もない魔法陣が、魔力光で地面に描かれ、資材が光に包まれ、次の瞬間、私の目の前には、立派な屋敷が完成していたの。

これって、シルフィード領の屋敷より立派じゃないかしら。

それよりも、これが錬金術なの？

エルフの私が驚くほどの魔力が使われたはずなのに、タクミ君からは疲弊した様子が感じられない。どれだけの魔力をその身に内包しているのかしら。

それに錬金術って、あんなふうなの？

いきなり建物が完成しちゃってるんだけど、私の知っている錬金術じゃないわ。確か錬金術って、ポーションを合成したり、金属を合成したりする魔法じゃなかったの？

この聖域にある屋敷や教会は、タクミ君が魔法で建てたって聞いてたけど、錬金術って何なのよ。

その後、戻ってきたドリュアス様が力を使うと、見る見るうちに、屋敷の庭に芝生を生やし、壁を這う蔦が生えてくる。

「おお！　完璧じゃないか、ドリュアス」

「そうでしょう。もっと褒めていいのよ～」

「…………」

もう、言葉もないって、こういう事を言うのね。

そういえば、ソフィアも昔に比べて随分と強くなったと聞いたわ。五十年前でも騎士団でも有数の実力者だったはず、それがここ数年で倍以上になっているって。という事は、タクミ君もそれ相応に強いのよね。でも、タクミ君のそれは、もう人族の魔力じゃない気がするのだけど……

そんな事を考え思考の海に沈み込んでいた私は、タクミ君の声で覚醒する。

「さあ、フリージアさん、中を確認しましょう」

「……え、ええ、そうね」

「じゃあお姉ちゃんは、タクミちゃんのお家でお茶でもしてくるわね～」

「ああ、ありがとう、ドリュアス」

タクミ君に促されて外側の完成した家に入る。

タクミ君は、中の確認をしながら照明の魔導具を設置していく。

「スイッチ一つで照明の魔導具が点《つ》くようにしますからね」

「あ、そ、そうなのね」

リビングやダイニング、各部屋に照明の魔導具を設置していくタクミ君。タクミ君の屋敷と同じように、廊下やトイレ、お風呂にも照明の魔導具が設置されたわ。勿論、トイレは浄化の魔導具付き。お風呂も魔導具でお湯が出るようになっている。

「あっ、そうだ。キッチンに冷蔵の魔導具が必要ですね。あとコンロの魔導具も」

「そ、そうね。あれば便利よね」

タクミ君の屋敷では、メイド達が何もかもしてくれていたから、魔導具の使い方を聞いておかないとダメだわ。

それにしても、この色々な魔導具を全部自分で造っているなんて、本当に出来たお婿《むこ》さんね。

でかしたわソフィア。

17　親子雪解《ゆきど》け

シルフィード領の屋敷では、ダンテが聖域への移住のための準備と、ダーフィへの当主引き継ぎを行っていた。

「……当主の引き継ぎって、こんなに簡単なのですね」

「バカを言うな。シルフィード騎士爵家だから簡単なんだ。これが高位貴族家なら大変なんだぞ」

「……父上、それは自慢する事じゃありません」

実際、当主交代とは言っても、ダンテからダーフィへと申し送る事や、引き継ぐ書類の量は知れていた。

辺境の田舎にある騎士爵領など、発生する書類も、ダーフィが騎士団で処理する量と比べても圧倒的に少ない。

ダンテが聖域へ行き領地を空けていた二ヶ月で溜まった書類にしても、ダーフィが日々こなす書類仕事の量に比べれば楽なものだった。

そう考えると当主も楽で良いかと思われるが、そこは田舎の村が領地のシルフィード領、零細騎士爵の当主に楽な道はない。

ダンテやフリージアもそうだったが、当然のように自ら開墾や農作業を行わないといけないのだ。他にも領地で発生する様々な雑務もダンテとフリージアの仕事だった。

騎士団に所属していた時と比べ、書類仕事は確実に少なく楽なのだが、領主という名の半農生活がダーフィを待っていたのだ。

「日用品は向こうで手に入るだろうから、服や下着を持っていかないとな」

「母上はどうされているのですか?」

ダンテが鞄《かばん》に服を詰めているのを見て、ダーフィが聞く。

屋敷の使用人から聞いた話では、それほど多くの荷物を持っていっていないらしい。聖域には服を売っている店があるとは聞いていない。

「……ああ、フリージアなら何も心配ないのだ」

「えっと、それは……」

何故か遠い目をしたダンテに、ダーフィも不安になる。母が何か仕出かしているのではと。

ダーフィは知っている。あの見た目は優しそうでホンワカした雰囲気の母親が、実はとても強い事を。それこそダンテを尻に敷き、シルフィード家の陰の当主として君臨している事を。

シルフィード家は女性が強いのだ。姉のソフィア然《しか》り、母のフリージア然り。

だから実はダーフィは、あの気に食わない人族のイルマ何某《なにがし》という男を、ある意味少しだけ認めてもいた。

あの男とシルフィード領で会った時も、聖域での結婚式で会った時も、あの戦う事しか能のない姉が完全に女の顔をしていたのだから。

姉が騎士として活躍していた姿は、ダーフィは直接知らないが、自身が騎士になってから、同僚や上司から散々聞かされている。

曰く、その見た目の美しさとは裏腹に、男の誘いに見向きもせず、軽薄に声をかけようものなら、王都の路地にズタボロで転がされる事になると。

そんな姉のソフィアが、実は母のフリージアとよく似ているのを、ダーフィもダンテも知っているのだ。

「イルマ君の所には、アラクネの特異種のカエデ君がいるのをお前も知っているだろう」

「はぁ、それは厄災級《やくさいきゅう》のSランクの魔物ですから。あの男の頭を疑いたくなりますがね」

あの男の側には、その姿が見えなくても、その厄災級の魔物がいる事が多い。結婚式の時も、その影に怯え、どれほどビクビクした事か。

「なら、カエデ君の出す糸が稀少で高級なのを知っているな」

「ま、まさかアラクネの糸から服を作っているのですか？」

「そのまさかだ。イルマ君やソフィアは勿論、屋敷の使用人達もカエデ君製の布地から作られた服を普段着で着ているのだ」

「なっ！　陛下でもそんな生地の服は着てませんよ！」

キラースパイダーの糸でさえ、世間では流通していないのに、伝説級の魔物アラクネの糸から織《お》られた布地など、ユグル王国の宝物庫にも存在しない。

「ま、まさか母上は……」

「そのまさかだ。フリージアの奴、普通にカエデ君に頼んでいた」

「……あ、そ、そうだ、聖域には服を売る店がないから、仕方なくではないですか」

「それが今では聖域にも日用品や服を売る店があるのだ。それに、イルマ君は王都に店を出しているらしいからな。その気になれば服などいくらでも持ってこられる」

「……母上らしいと言えば、母上らしいですね」

「ああ、良い意味でフリージアは身内には遠慮がないからな」

「いや、それはがめついと言うのでは？」

「それ以上はよせ、ダーフィ。風精霊がフリージアの耳に入れたらどうする」

「はっ！」

そう言われたダーフィが、顔を青くしてキョロキョロと周りを見渡す。未だに精霊の声を聞けないダーフィだが、その姿は何とか見る事が出来る。

「ふぅ、危なかった」

「いや、もう遅いかもしれんぞ。お前、中位以上の精霊しか見えんだろう」

「はっ！　オイ！　母上にチクるんじゃないぞ！」

ダーフィは、大声で叫ぶが時既に遅しだろう。

「父上、荷造りを手伝いますから、どうか母上に……」

「ああ、ダーフィには急な当主交代で迷惑をかけるからな。何とかフリージアの機嫌は取るようにしよう」

「ありがとうございます、父上」

ここ数十年、あまり仲が良いとは言えなかったダンテとダーフィ親子。その心が通じ合った瞬間だった。

◆

その理由は、ちょっと情けないのだが。

ソフィアに対する対抗心から捻《ひね》くれたダーフィと、思いがけず打ち解けたダンテは、身の回りの物を手早く荷造りし、聖域への移住準備を済ませた。

「では、領地は任せたぞ、ダーフィ」

「……思う事がないとは言えませんが、私なりに頑張りますよ」

「うむ、頑張れよダーフィ。では元気でな」

何か納得いかない顔をしたダーフィと、とても良い顔をしたダンテ。対照的な顔をした親子が、屋敷の前で別れを済ませた。

ダンテの乗る馬車が、聖域へと走り始める。

なお、当主交代の事務手続きはスピーディーに処理され、ダンテが聖域から戻ってから、それほど日にちがかからず出発できた。その事務手続きを待つ間も、ダンテは聖域へと向かう準備に勤《いそ》しんでいた。

馬車の馭者は前回と同じ使用人に任せ、護衛は今回も冒険者を雇っている。

シルフィード騎士爵家にも従士が数人いるのだが、人数が少なく領地を離れさせるのは無理だった。そんな事もあり、前回は冒険者を雇ったのだが、今回はさらにダンテが隠居し当主ではなくなったので、よけいに従士を使うわけにはいかない。

なお冒険者は、王都に当主交代の事務手続きのために行った時、冒険者ギルドで雇った。

因みに、ユグル王国の冒険者ギルド王都支部では、聖域方面への護衛依頼は人気の仕事だ。特に聖域の出島区画の宿泊施設に泊まれる依頼は、依頼金額が低くとも取り合いになるくらいの人気だった。

「いや〜、また俺達を雇ってくれてありがたいですよ、旦那」

「本当だな。旦那の依頼はあの中に入れるからなぁ」

「なに、見知った顔の方が気を使わなくていいからな」

今回の護衛の冒険者は、前回と同じエルフの冒険者二人組だった。

エルフの冒険者は、基本的にユグル王国内で活動する事が多いのだが、ウェッジフォートや聖域近くの三ヶ国合同で運営する城塞都市が出来てから、ユグル王国からの護衛依頼が爆発的に増えた。

以前のユグル王国南の未開地ならば、二人組という少人数での護衛は難しかったが、聖域の影響か、多くの冒険者や騎士団が魔物を駆除したせいなのか、魔物とのエンカウント率が極端に低くなっていた。

すると、また別の者がダンテに声をかける。

「旦那様、私もご一緒させていただいてありがとうございます」

「ボルトは良かったのか？　俺の移住に付き合って」

「はい。私達夫婦に子供はいませんし、旦那様や奥様のお役に立てるなら本望です」

「そうですよ、旦那様」

「ありがとう、ボルト、ルーナ」

ダンテの馬車に乗るメンバーに一つだけ変化があった。

それは、馭者を務める使用人だけではなくその妻も同乗し、一緒に聖域へと移住を決めた事だ。

なお、今回ダンテは、流石にタクミとソフィアの家に居候するつもりはなかった。義理の息子と同じ家で、しかも自分が居候の立場で暮らすというのは、ダンテには無理だった。

そこで、タクミ達の家の近くに住む前提で、自分達の身の回りの世話をしてくれる使用人として、ボルトとルーナの夫婦を連れていく事にしたのだ。

幸い、ボルトもルーナも同行を快く受け入れ、長年暮らした祖国から聖域への移住に付き合ってくれる事になった。

ダンテとしては、二人が今回来てくれた事に、感謝してもしきれなかった。

何故なら、フリージアは家事全般が壊滅的に苦手だからだ。ソフィアが闘い以外に役に立たないルーツがそこにあった。

もっとも、ボルトとしても、聖域の宿泊施設で食べた料理の美味しさや、お風呂の気持ち良さを知ってしまい、シルフィード領に戻ってから日々の生活の差を感じ、苦痛にすら思い始めていたので、ダンテの聖域移住の話が出た時点で、何がなんでもお供させてもらおうと思っていた。

まあ、エルフにとって大精霊が顕現している聖域という土地が特別なのは間違いなく、そこで暮らしたいというのも本心なのだが。

急ぐ必要はないはずなのだが、強行軍で聖域へと駆けるダンテ達を乗せた馬車。聖域の門にたどり着くのはあっという間だった。

当然、魔馬はバテバテで、帰りは冒険者二人が馬車に乗りユグル王国へと戻るのだが、しばらく休ませないとダメだろう。

結界を抜け、出島区画の宿泊施設の前で馬車を停めると、そこには出迎えにタクミが来ていた。

その顔が困惑の表情なのに気付く事もなく、馬車から飛び出したダンテは大きな声で叫んでしまう。

「エトワール！　エトワール！　爺じだよー！」

「ダ、ダンテさん、エトワールは家で待ってますから！　ここには来ていませんからー！」

再会早々、タクミのイメージするダンテ像を木っ端微塵にぶち壊すダンテだった。

18　孫争奪戦

ダンテさんが本当に隠居して聖域に移住してきた事にも驚いたけど、いきなりの爺バカには呆然としてしまった。

僕は気を取り直して、ダンテさんに付いてきた使用人の夫婦二人と挨拶すると、ダンテさんが乗ってきた馬車から荷物をアイテムボックスへ一旦収納した。

「にしても、ダンテさん、荷物少なくないですか？」

その後、馬車に乗って帰るという冒険者二人が宿泊施設に泊まれるように手配し、ダンテさんと使用人のボルトさんとルーナさん夫婦には、ツバキの引く馬車に乗ってもらった。

因みに冒険者二人は一泊して、ユグル王国へと帰るらしい。シルフィード領にいるダーフィ君に馬車を返すところまでが仕事なのだそうだ。

「イルマ君、急ぐんだ」

「いや、ダンテさん、屋敷までは直ぐですから、慌てないでください」

「慌ててなどいない！　エトワールの顔を早く見たいだけだ！」

「旦那様、落ち着いてください」

エトワールと一緒にいたい一心で隠居までしてきたダンテさんだから、少しでも早くエトワールに会いたいという気持ちは分かる。

でもさ、今のダンテさん、僕が初めて会った時の印象と百八十度違うんだけど。長年仕えているというボルトさんも困惑しているし。

「ツバキ、出発してくれる？」

『マカセテクダサイ』

ツバキに声をかけて、馬車を出発させる。

駅者がいなくても勝手に目的地に着けるのは、ツバキが引く馬車の利点だ。

高位の魔物に進化したツバキの知能は高く、人と変わらない。

なお高位の竜になると、それこそ人よりも遥《はる》かに高い知能を持つらしい。それは最早大精霊達に近い存在なんだとか。


そんなわけでツバキに任せっきりで、何の問題なく屋敷へと到着した。

勿論、僕の屋敷の方だ。本当は先に荷物の事もあるから、ダンテさんとフリージアさん用に建てた家へ行こうかと思っていたんだけど、ダンテさんの早くエトワールに会わせろというプレッシャーに負けた。

そのダンテさんが、うちの屋敷に入るや否や固まっている。

リビングでは、エトワールを抱いたバンガさんとフローラを抱いたマーサさんが、春香を抱いたエリザベス様と談笑していた。その側では、順番待ちをしているのだろうか、ルーミア様とフリージアさんもいた。

フリージアさんは普段からエトワールにべったりだからかな、バンガさんにエトワールを抱かせてあげる気持ちの余裕がある感じだ。

「……なっ、誰だ、俺の可愛いエトワールを抱いているむさいオヤジは」

「ん⁉　むさいオヤジだと？　俺はバンガ。タクミとは昔からの知り合いだ」

「ふんっ、知り合いね。俺はソフィアの父ダンテだ。つまりエトワールのお祖父《じい》ちゃんだ。分かったら早くエトワールを俺に抱かせろ！」

うわあ、あろう事か、ダンテさんがバンガさんと言い争いを始めてしまった。

「お祖父ちゃんだぁ～？　それを言うなら、俺とマーサもタクミの親代わりと言っても間違いじゃねぇよなぁ。なぁマーサ？」

「そうね～、マーサ婆ばだよ～」

バンガさんに促され、マーサさんがフローラをあやしながら適当に答えた。

さらに、バンガさんが挑発するような事を言う。

「祖父だと言っても、ソフィアちゃんを五十年も放ったらかしにしてたんだろ？　今さらエトワールちゃんが生まれたからって、調子が良すぎるんじゃねぇのか？」

「くっ！　貴様に何が分かる！　貧乏騎士爵では、ソフィアを買い取るなど到底無理だったのだ！」

苦しげに口にするダンテさん。

そんな彼をさらに嘲《あざけ》るように、バンガさんが言い捨てる。

「なら、大人しく順番待ちしてるんだな。俺の次の次の次くらいには抱けるかもしれないぜ」

「ぐっ、貴様ぁ～！」

僕は困ってしまい、ソフィアに尋ねる。

「ねぇソフィア、止めた方がいいんじゃないか？」

「大丈夫ですよ。私としても、父上とバンガさんなら、タクミ様がお世話になったバンガさんを応援します」

「……それはそれでダンテさんが可哀想だな」

ソフィアもユグル王国にいた時は、ダンテさんと仲が良いとは言えず、あまりコミュニケーションが取れていなかったらしい。それがソフィアが剣にのめり込み、王都で騎士として名を挙げる原動力になっていたようなんだけど……

男親と娘の関係は難しいものなのだろう。僕も気を付けよう。

哀れダンテさん。僕も、もう少し気を遣ってあげた方がいいかな。

19　ダンテの就活

バンガさんとマーサさんが帰ったあとも、ダンテさんの機嫌は悪かった。

ボルトさんとルーナさんは、シルフィード家が領地貴族になる前からの使用人だそうで、ソフィアとも当然顔見知りだ。

ボルトさんとルーナさんは、エトワールを交互に抱いて喜んでいた。

ダンテさんは新しい家に荷物を持っていかないとダメなんだが、エトワールと離れるのが嫌だと愚図《ぐず》るので、仕方なしに僕がフリージアさんと一緒に荷物を運んでいく。

フリージアさんがダンテさんの事をブツブツ文句言いながら荷物を片付けている。きっとあとで揉めるんだろうな。

「あの人ったら、自分の荷物の整理を私に押しつけて。自分だけエトワールちゃんとなんて……」

「奥様、あとで私も旦那様を叱っておきますから」

「そうです、奥様。旦那様お一人抜けがけは良くありません」

ボルトさんとルーナさんがなだめているけど……って、なだめてないね。


フリージアさんとダンテさん用のお屋敷で作業をしていると、荷物の整理を終えたタイミングで、ダンテさんがやって来た。

ダンテさんにはこの家の場所は教えてなかったが、そこは徒歩二分圏内だからね。

さらに言えば、この中央区画には、僕の家かミーミル様の屋敷、それに少し離れた場所にある大精霊達用の屋敷くらいしか住居は見当たらないし。まあ、どんな方向音痴《ほうこうおんち》でもたどり着けるだろう。

ただ、ダンテさんの表情は芳《かんば》しくない。

「くっ、何故ここにルーミア様がおられるのだ」

「「……ああ」」

その一言で、ルーミア様にエトワールを奪われたのだと分かった。

何故ならルーミア様はエトワールが生まれてから、頻繁に我が家を訪れるようになっている。当然、エトワールを抱いたりあやしたり可愛がるのが目的だ。立場的にダンテさんが逆らえるわけがない。

普段はミーミル様がルーミア様を引っ張って連れ帰るのだけど、今日はミーミル様はユグル王国へ戻っていていないので抑える人がいない。

まだ最低限の家具しかない部屋の中にある、僕がプレゼントしたリビングのソファーに、ダンテさんが不機嫌そうにドカッと座る。

そしてそれを待っていたように、フリージアさんが対面に座り、今回ダンテさんが聖域に移住してきた事を問い詰める。

「じゃあダンテ、隠居して移住ってどういう事なのか聞かせてくれるかしら」

「えっ、ああ、それはダーフィも一人前の大人になった事だし、そろそろ領地の経営も任せて大丈夫だと思ってな」

「嘘ですね。ただ単にエトワールちゃんの側にいたいだけでしょ」

「うっ。フッ、フリージアだけ狡《ずる》いじゃないか！　俺だってエトワールの成長を側で感じたいんだ！」

「……はぁ、バルザ様が既に手を回していた時点で私は反対出来ませんが、ダーフィを言い訳に使わないでください」

「なっ、どうして宰相の事を知っているんだ」

「そんなのシルフ様経由で知ったに決まっているでしょ。むざむざ国に聖域とのパイプにされるなんて……」

「いやフリージア、仮にも祖国だぞ。末端とはいえ爵位をいただく身、御国の役に立つのは喜ばしいと思わんか」

「旦那様、奥様、イルマ様がお困りですよ。お茶でも飲んで落ち着いてください」

ダンテさんとフリージアさんの雰囲気が悪くなるのを見て、ボルトさんが仲裁に入り、ルーナさんがお茶を淹れて持ってきた。

「あら、ごめんなさいね、タクミ君」

「いえ、僕なら大丈夫です」

実際、ダンテさんが聖域に戻ってくる事は、ダンテさんがユグル王国の領地に帰る途中で掴んでいた。だからそれ自体に驚きはないのだけど、フリージアさん的には息子に領主を押しつけて戻ってくるのは納得いかなかったみたい。

フリージアさんがダンテさんに向かって言う。

「まあ、その話はもういいわ。どうせ国が決めた事でしょうし、ダーフィも遅かれ早かれ領主にならないといけないものね。それよりも、これからの事を考えましょう」

「ん？　これから？」

「あなたの仕事に決まっているじゃない」

「えっ、仕事!?」

「まさかタダ飯を食べて暮らせるなんて思ってないわよね」

「…………も、勿論だとも」

ああ、思ってたんだな。隠居したんだもん、孫を可愛がって暮らせると思うよな。

僕は別にそれでもいいと思うんだけど。義父と義母の面倒くらい見られる余裕はあるからね。ただ、フリージアさんはそれを許さないみたいだ。

「じゃあ、明日からダンテにでも出来る仕事を探しましょう。そういう事だから、タクミ君もお願いね」

「は、はい」

なんと、明日からダンテさんの就活が始まるみたいだ。

因みに、フリージアさんは専業主婦をするらしい。

この場合の専業主婦は、家事全般をするという事ではない。エトワールを可愛がるのが仕事なんだって。家事はボルトさんとルーナさんの仕事だからね。

勿論、ダンテさんにはそんな事一言も言わない。

亭主元気で留守が良いらしい。

◇

ダンテさんが聖域に来て次の日の朝、早速ダンテさんに聖域を案内する事になった。

因みに、当然のようにフリージアさんは、僕の屋敷でエトワールの相手をするとの事。

「とりあえず、僕の屋敷から行きましょうか」

「うむ、エトワールの側で働けるなら、それが理想だな」

うちの事務仕事のサポートはどうかという事になり、僕の屋敷の中へ入れる。

「どうぞ。書類関係の仕事は、書斎というか執務室みたいな部屋でやる事になっていて、二階なんです。そこでうちの事務方、文官娘？　が様々な書類の整理をしてくれてます」

「私はこれでも領地持ちの騎士爵だったからな。書類を捌くのなど簡単だ」

「それは嬉しいですね。シャルロット達からも人員の増員を頼まれてるんですよね」

執務室のドアを開けると、相変わらず書類の山が僕の机の上を占領していた。昨日ダンテさんを迎えに行ったりしたから、書類の山は高めだ。それでも一時の事を考えればマシな方かな。

「あっ、旦那様」

「……誰？」

「あら、イルマ様、そちらの方は？」

パチパチとソロバンの音が執務室に響く中、ドアを開けた僕を見て、ジーナ、アンナ、シャルロットが不思議そうな顔をしている。

そういえば昨日もその前も、シャルロット達はダンテさんと顔を合わせてなかったな。ダンテさんは結構な時間滞在していたはずなんだけど、シャルロット達は書類仕事が忙しすぎなんだよな。反省。

「ああ、この前紹介したよね。こちらソフィアのお父さんでダンテさん。フリージアさんの旦那さんだよ」

「ああ、そうなのですね。そういえば、ソフィアさんのお父様もこの間滞在していましたね。改めて自己紹介いたします。私はイルマ家の事務方をしています、シャルロットと申します」

「ジーナです」

「アンナです」

何故かボウっとしているダンテさん。

「…………………」

「ダンテさん?」

声をかけると、ダンテさんは慌てて言う。

「……あ、ああ、ダンテ・フォン・シルフィードだ」

「彼女達には、主に様々な財務関係の仕事をお願いしています」

「そ、そうなんだね」

すると、ダンテさんはクイクイと僕の服を引っ張り、僕は部屋の外へと連れ出された。

「どうしました？」

「何なんだ、あの書類の量は」

「えっと、今日は少ない方ですよ」

「………………」

ダンテさんが黙って首を横に振った。

どうやらシルフィード騎士爵家とは書類の量が桁違いだったようだ。ダンテさん曰く、シルフィード騎士爵家五十年分の書類よりも、今見た書類の山は多かったらしい。

僕が、一年で出入りするお金のだいたいの額を言うと、ダンテさんは顔を真っ青にしていた。

「と、とりあえず他の仕事も見てから決めてください」

「そ、そうだな」

まあ、仕事は色々あるので、全部見てから決めてもらえれば良い。今日一日使って聖域を案内しようと決めた。

ひとまず連れてきたのは、ダンテさんには合わないだろう場所。

「ここは漁業と塩作りの区画ですね」

「……人魚族など初めて見たな」

「ここ以外じゃあまり見ないでしょうね」

海岸沿いの人魚族が暮らす区画。

ここでは、人魚族が漁業と製塩業をしてくれている。

「漁業か……」

エルフが漁業をしても不自然じゃないと思うけど、ユグル王国では珍しいんだろうね。ソフィアに聞いた事があるけど、ユグル王国では魚はあまり食べないらしい。

まあ、ユグル王国で獲れる魚は、川魚や池や沼に棲む淡水の魚だから、クセがあるのかもしれないな。


次に案内したのは、聖域に暮らす人の多くが従事する農業区画だ。

子供達が僕を見つけて手を振る。ここには、働けるようになって間もない小さな子供達がたくさんいるんだよね。

「ふむ、シルフィード領でも田畑を耕《たがや》していたから農作業は問題ない」

「そうですか。特にここではドリュアスやウィンディーネのお陰で作物の生育が良いですから、やり甲斐があると思いますよ」

その次に案内する途中で、ダンテさんの機嫌が悪くなる。向こうからバンガさんが歩いてくるのが見えたからだ。

「あっ、バンガさん。狩りの帰りですか？」

「おう、タクミ、今日はこれだ」

バンガさんが仕留めたウサギを持ち上げる。

「へぇ～、三羽も獲れたんですね」

「おう、ここは大精霊様のお陰で獲物が豊富だからな。横の仏頂面《ぶっちょうづら》が鬱陶《うっとう》しいからまたな」

「何を！」

バンガさんとダンテさん、やっぱり相性が良くないみたいだな。睨み合ったまま、お互いその場を離れていく。

バンガさんに挨拶して別れ、慌ててダンテさんを追いかける。

「バンガさんは猟師をしているんです。奥さんのマーサさんは、田畑を耕したり縫い物をしたりですね」

「あの男と同じ仕事はゴメンだ」

「そ、そうですか……」

まあ他にも色々と仕事はある。次の場所へ案内しよう。

続いてやって来たのは、比較的エルフが多くいる果樹区画。

ここはエルフのメルティーさんが責任者だからなのか、そもそもエルフが種族的に向いているのか、エルフが多く働いている。

勿論、メルティーさんの娘のメラニーとマロリー姉妹も、この果樹園で働いている。

そんなわけで、ダンテさんも同じ種族が多く働いているこの場所ならどうかと思ってるんだけど、どうかな。

問題があるとすれば、責任者が平民出身のメルティーさんなので、騎士爵とはいえシルフィード家の当主だったダンテさんがその下で働けるかどうかという事かな。

ダンテさんは、果樹園で働くエルフの人数が思った以上だったのか、大きく目を見開きつつ感想を言う。

「随分とエルフの移住者がいるんだな」

「ええ、まあ、ユグル王国も平民には暮らしやすいとは言えないみたいで」

「平民には暮らしづらいか……確かに、それは間違ってはいないな」

「あ、そ、それに、大精霊達がいるっていうのは、エルフ達にはそれだけで移住を決意するに値《あたい》するらしいんですよね」

騎士爵家の元当主であるダンテさんに、失言だったかと慌ててごまかそうとするも、ダンテさんが首を横に振る。

「いや、我が国の現状くらいは分かっているさ。大精霊様達の存在は大きいだろう。何もかも捨てて移住したいと思えるくらいに……だが、ユグル王国で平民の中に、日々極貧の暮らしをする者が多い事も事実なんだ」

「……すみません」

「いや、イルマ殿には感謝している。同胞を救ってくれているのだからな」

メルティーさんやメラニーとマロニーに労《ねぎら》いの声をかけ、次の場所へ移動する。


次の場所にもエルフが多い。

人族や獣人族も少数いるが、メインとなるのはエルフ達だ。

ここは、木工細工や大工、それに家具などの木工関係の工房。

森や木々などの自然と共に生き、長い寿命で技術を磨くエルフの技は見事なもので、ここ聖域でもそれは変わらない。

「エルフの技が活かされているのだな」

「はい。聖域内だけでなく、バーキラ王国やロマリア王国でもエルフの人達が作った物は人気で、引く手数多《あまた》ですから」

「しかし残念ながら、私は細工や木工はした事がないな。簡単な大工仕事は貧乏騎士爵故に経験はあるが、仕事として出来るかと聞かれれば難しいな」

「そうですか。じゃあ次の場所に案内します」

まあ、流石にダンテさんが大工や木工細工の職人になるなんて思っていない。一応、ここでの仕事は全部見せた方がいいと思って順番に案内しているだけだ。

義理の父に、一から職人の修業をしろなんて言えないからね。


次に案内したのは、居住区画に開店した日用品や服、食料品を売る店舗。

「いわゆる何でも屋さんですね。聖域も随分人口が増えたので、結構繁盛してるんですよ」

「……品揃えは……シルフィード領以上だな」

ダンテさんは「シルフィード領以上」と言ったけど、シルフィード領にお店がないのは知っている。僕だって見栄《みえ》を張る義父の話をスルーするだけの分別はある。

フリージアさん情報だけど、シルフィード領では貨幣経済の浸透もまだまだらしく、未だに物々交換が基本なのだとか。

聖域も成立当初は、貨幣経済どころか人の数も少なく、その住民にしても聖域に逃れてきた難民流民のような人達ばかり、その人達の生活を何とかするのが最優先だったからね。

その聖域も、エルフやドワーフ、人魚族や獣人族と人が増え、農産物や工芸品にお酒などの交易品も増え、普通に買い物出来るくらいになったけど。

次に案内したのは、ボウリング場だ。

「こ、これは………」

「ボウリングという遊戯をする施設ですね」

前回ダンテさんが来ていた時は、エトワールに夢中だったのか、屋敷の外に出掛ける事もなく、ずっと屋敷にいたから知らないんだな。

因みに、使用人として付いてきていたボルトさんや護衛の冒険者の人は、出島区画にある遊戯室やボウリング場を楽しんだって聞いている。

多くの住民がボウリングをする光景を呆然と見つめるダンテさんに、僕はボウリングの遊び方を説明する。

「楽しそうに遊んでいるな」

「聖域では人気ですね。バーキラ王国でも、ボルトンみたいな土地の余裕がある街で普及し始めています。多分、ボルトさんは前回遊んでいると思いますよ」

「そうなのか？」

「はい、そう聞いています。それでここでの仕事ですが、レーンのワックスを塗ったり、ボールやピンのメンテナンス、お客さんの誘導と施設の掃除などですね」

これもダンテさん向きの仕事とは言えないけど、ボウリングにハマるかもしれないからね。

「じゃあ、次の場所に行きましょうか」

「お、おう……」

とにかく、今日一日で出来るだけ多く回りたいからね。

ボウリング場の次に案内したのは、中央区画に建てられた大教会。

ダンテさんが聖職者になるとは思えないけど、ここも一応選択肢の一つだからね。

「……前にも一度見たが……やはり見事な……」

大教会の中に入ったダンテさんは、教会内に広がる一面のステンドグラスを目にして、文字通り言葉もなく、口を開け呆然としていた。

自慢のステンドグラスへの反応に、僕は自然と笑顔になる。

「……な、何と言うか……凄い精霊の密度だな」

「そうらしいですね。僕は精霊を見られませんが、何となく感じる事は出来ます」

「聖域自体に多くの精霊がいるのは分かっていたが、この教会には特に多く感じられるな」

「はい。聖域には、精霊樹を中心として精霊が集う場所は何ヶ所かありますが、ここはそのうちでも特別な一つですね」

「ああ。そういえば、結婚式をしたのもここだったな。あの光景は忘れる事は出来ない。精霊が歌い、踊った、ノルン様がご降臨されたあの時を……」

ダンテさんは目を閉じ、僕とソフィア達との結婚式を思い出している。

「そうなんですよね。ノルン様の影響なのか、あれ以来ここは聖域でも特に神聖な感じなんですよ」

「……いや、軽いなイルマ殿」

そんな「軽い」と言われても、ノルン様とは実際にお会いしているせいかな。女神様というより、どうしても身近な印象を持ってしまうんだ。

「ただ、私に神官の仕事は無理だ。この歳では修業するには遅すぎる」

「そうですか？　エルフの寿命を考えれば可能だと思いますが」

「いや、彼女達にも迷惑をかけるだろう」

そう言って、ダンテさんは教会にいた少女達の方に視線をやった。

現在大教会では、神官の見習いとして五人の若い人族の少女が修業の日々を送っている。なお、彼女達の育成には、大精霊達に認められた壮年の女性が当たっていた。

この世界では、宗教と人々の生活は切っても切れないものだ。女神や精霊といった存在が明確にいるのだから当然かもしれない。

「そうですか。じゃあ次の場所を案内しますね」

ダンテさんの反応がイマイチなので、次の場所へと案内する事にしよう。

確かに少女達と同じ職場で働くというのは、僕でもキツいかな。

さて、多分ここが最後になると思うんだけど、正直ダンテさんには合わないだろうな……

そう思いつつも最後に案内したのは、ドガンボさん、ゴランさん達ドワーフの領域、酒造工房だった。

その場所に入った瞬間、ダンテさんの顔が引き攣《つ》るのが分かった。

広大な敷地に大きな建物がいくつもあり、お酒の種類の数だけ建物が建っている。それら酒造工房に隣接するように、大きな蔵が並んでいた。その蔵には当然、温度・湿度を調節出来る魔導具が設置されている。

「……こ、ここは？」

「はい。ここは、聖域でお酒造りをしている酒造工房です」

「そ、そうなのか……」

目尻がピクピクするダンテさんを見て、それもそうかと思う。

ユグル王国から他の国にあまり出る事のないダンテさんは、ドワーフを見る機会もなかったのかもしれないな。

そこに、僕の姿を見つけたドガンボさんが近づいてきた。

「おう！　タクミ！　丁度良いところに来た」

「どうしたんですか？」

「おう、例の試験的に造った蔵に寝かせていた酒の試飲をしたんじゃがな……ん？　そこのエルフは新入りかの？」

ドガンボさんが、ダンテさんを見つけ聞いてきた。

ドガンボさんが言う試験的に造った蔵とは、少しの時間で長期熟成されたお酒を造れる蔵の事だ。

「いえ、ソフィアのお父さんです。僕にとって義父です」

「おお、そうか！　儂はドガンボじゃ！」

ドガンボさんが馴れ馴れしくそう言い、バンバンとダンテさんの肩を叩くと、ダンテさんは困惑していた。

エルフには、この手のタイプはいないんだろうな。

「ソ、ソフィアの父でダンテだ」

「おう、よろしくな！」

「あ、ああ……」

ドガンボさんはさらに続ける。

「それでタクミよ、あの蔵は使えそうだぞ。ゴランの兄貴や仲間が試飲した感想だと、一月で二年寝かせたようになっておったとの事だ」

「なら、成功ですね。ワインの一部とウイスキーを優先的に試してみましょうか」

「おう、了解じゃ。蔵の新規建設申請関係の書類は、屋敷に回しておくぞ」

「分かりました。試したお酒の種類と量、葡萄《ぶどう》の種類の報告もお願いしますね」

「うむ、新しく作付けしてほしい品種の要望書もあるから、目を通しておいてくれ」

「分かりました」

ドガンボさんは忙しいのか、用件を済ますと、短い足をチョコチョコと動かして早足で去っていった。

ドガンボさんを見送ってから、ダンテさんの方を振り向く。僕と目が合ったダンテさんは、高速で首を横に振っていた。

まあ、ドワーフの中にエルフ一人、流石にキツいよね。

さて、色々回ってみたけど、ダンテさんの望みに叶う仕事はあったかな。

僕としては、領地経営の経験を積んでいるダンテさんには、僕の書類仕事の手伝いをお願いしたいんだけど。

20 フリージアさん頑張る

後日、ダンテさんに何の仕事を選ぶか聞いたところ、酒造工房以外の仕事を一通り経験してみるらしい。

何事も経験してみないと分からないから、と言っていた。

そんなダンテさんの前向きな態度に影響されたのかな、フリージアさんがついに動き出した。マリアやうちのメイド達、それからシルフィード家の使用人のルーナさんから、家事を習い出したんだよね。

何故そうなったのか、ソフィアに詳しく聞いてみると、フリージアさんはエトワールに良いところを見せたいのだろう、との事。

エトワールが物心付いて色々分かるようになるまで、まだ二年以上あると思うんだけど、今から少しずつ練習するらしい。

「どうやら母上は、ただ可愛がっているだけじゃ、血の繋がりのないルーミア様と変わらないと思ったみたいです」

「お祖母《ばあ》ちゃんなんだから、孫を可愛がるだけで良いと思うけどね」

ルーミア様は王妃なのにいつまで聖域にいるのか……という問題はさておき、ルーミア様だけではなくミーミル様もエトワールを可愛がり、エトワールも二人に懐いている。

ともかくそんな環境に、フリージアさんは危機感を持ったらしい。自分のアドバンテージは血の繋がりしかないと。

また、料理をはじめとする家事一切が苦手なソフィアが、離乳食くらいは自分でも作りたいと、マリアやマーニと一緒になって、料理の練習を始めたのも影響してるみたい。

このままじゃ、怠惰《たいだ》なお祖母ちゃんと思われちゃうからね。

まあ、赤ちゃんのエトワールが、そんな事を思う事はないだろうけど。

僕はソフィアに向かって言う。

「それにしてもソフィアが離乳食ねぇ」

「私でも練習すれば……」

「いや、反対するのでも、からかっているのでもないよ。ソフィアもお母さんなんだなあと思って、嬉しくなっただけだから」

「タクミ様……」

ソフィアが顔を赤く染める。

ソフィアは照れて恥ずかしそうにしているけど、僕が嬉しく思ったのは本当の事だ。

これまで料理の腕は壊滅的で、手伝う事すらしなかったソフィア。そんなソフィアが、チャレンジしてみようと思ってくれたのが嬉しい。

まあ、離乳食くらいなら大人向けの料理ほど複雑な味付けなんて必要ないし、多分ソフィアでも作れると思う。

「じゃあ、フリージアさんの様子を見に行ってみようか」

「そうですね」

因みに、エトワール、春香、フローラはお乳を飲んだばかりでお休み中だ。

この時期の赤ちゃんは、寝てるかお乳を飲んでいるかを短い時間で繰り返すので、母親だけでなくメイド達も大変だと思う。

僕も、おむつの交換をしたり哺乳瓶でミルクをあげたりと、出来る限りのお手伝いはしている。

ただ、この世界の慣習として父親は育児に参加しないものだからな。それで、メリーベルあたりがあまり良い顔をしないんだけど、これぱっかりはね。


屋敷にあるキッチン、というよりも厨房と言った方がいいような広い場所にやって来た。

そこで、フリージアさんがマリアとルーナさんから料理を習っている。

「奥様、猫手です。猫手。ああ！　ヒヤヒヤします」

「フリージアさん、包丁を押しつけないで！」

こっそりと覗いてみると、まな板の上で野菜を切っているようだ。だけど、この距離から見ても危なかっしいのが分かるね。

「フフッ、母上より私の方がマシですね」

「そうだね。ソフィアは剣やナイフの扱いが上手いから、包丁の扱いも上手いもんね」

「はい。それだけは自信があります」

剣術や短剣術が達人の域に入っているソフィアだから、包丁の扱いは上手いんだよね。

因みに、僕も剣術や短剣術のスキルレベルが高いけど、僕はサラリーマン時代、結構な年数自炊していたからね、普通に料理は出来たりする。

「そういえば、騎士爵のシルフィード領って、ダンテさんとフリージアさんが畑仕事をしなきゃいけないほどお金に困っていたんだよね。よくその状況で、家事や家内の仕事を任せられる、ボルトさんやルーナさんを雇えていたね」

「雇っていると言っても、ボルトとルーナの二人に加えて、今シルフィード領に残っている二人の四人だけですから。いずれにしても、母上が家事を苦手なのは、使用人がいてもいなくても一緒です」

「ふーん、そうなんだ」

ソフィア曰く、シルフィード家は貴族として最底辺の騎士爵だけどその歴史は長く、家事の類《たぐ》いはずっと使用人任せだったらしい。領地持ちになったのはダンテさんの代からで、そこで新規開墾や領地の経営で忙しく、生活は逆に困窮《こんきゅう》してしまっていたのだとか。

「でも……先は長そうだね」

「……………はい」

危なっかしいフリージアさんの包丁使いを見て、ため息を漏らす僕とソフィア。

エトワールが離乳食を食べられるようになるのはまだまだ先だけど、今から練習して丁度いいかもしれないな。

21　フローラのハイハイ

フリージアさんの料理修業はボチボチといった感じかな。まあ、流石に何百年も家事をしていなかった人が、急に出来るようになるわけないよね。

ダンテさんは引き続き、聖域の中で色々な仕事を経験中。

まあ、僕の執務室での手伝いは拒否されたけどね。

まだまだ人口は少ないが、小国にも匹敵する聖域の運営は、騎士爵家の領地経営しか経験のない自分には荷が重すぎると言われたんだ。

僕なんて、この前まで細かな事はほとんどパペック商会任せだったのに、いきなりバーキラ王国・ロマリア王国・ユグル王国といった国相手の交易から、聖域住民の戸籍作り、ごく少額ながら聖域の住民からも税金が納められているのでそのあたりの事務処理仕事と……そんなわけで、文官娘三人はフル回転中だ。

そうそう、税金の事なんだけど、少額でも税金を納めるようにしようと言い出したのは住民の方からだった。

何もかも与えられるだけの状態は不健全だと提案されたんだよね。

お陰で新たに仕事が増えてしまって、文官を探すハメになっているんだけど……

◇

僕は獣人族の成長を舐めてたのかもしれない。

エトワール、春香、フローラの三人が生まれてまだ三カ月。エルフのエトワール、人族の春香の成長は僕の知る範囲だと思う。

勿論、前世ではアラフォーながら結婚もせず、赤ちゃんの成長を感じて生活していたわけじゃないので、はっきりとした事は分からないけど……

「だぁ！」

「えっ⁉」

僕を見つけたフローラが、柔らかな敷物の上をハイハイして近づいてくる。

僕の顔は、喜びよりも困惑が強く出ていた。

戸惑う僕を見て、マーニはにこやかに笑っている。

「タクミ様、獣人族の赤ちゃんは成長が早いのでこれで普通ですよ。早い子なら二ヶ月目でハイハイし始める子もいますから」

「そ、そうなんだ」

そういえば他の二人と違って、フローラはもう寝返りが出来るって言ってたな。

「確かに、フローラは首が据わるのは早かったよね」

「はい。一人でお座りも出来ますし、六ヶ月くらいで歩き始めると思いますよ」

「そ、そんなに早いんだ……」

子供の成長は嬉しいけれど、あまり早く大きくならなくてもと思う。

僕の困惑が分かったのか、マーニが笑みを浮かべて言う。

「獣人族の成長が早いのは、三歳くらいまでです。それからは人族やエルフと大差ないと思いますよ」

獣人族は過酷な環境で暮らしてきたため、乳幼児期の死亡率が低くなるよう、そのように進化してきたのだろう。

なお、その傾向は獣人族の中でも獣っぽい外見の種族ほど強いとの事だった。

「という事は、ケットシーなんかは成長が早いのかな？」

「はい。猫の赤ちゃんほどじゃありませんが、それでも普通の人よりは遥かに早いと聞きます」

他にも人魚族の赤ちゃんも成長が早いのだという。因みに人魚達は、出産は陸地に近い、波の穏やかな入り江で行い、出産後しばらくは陸地で育てるらしい。

同じ獣人族でも、肉食獣か草食獣かでも違ったりするんだとか。

「成長が早いのは、草食獣の獣人族ですね」

「なるほど、勉強になったよ」

「だぁ！」

その時、フローラが僕の所までたどり着き、ズボンの裾を掴んだ。僕の顔を見上げているけど、何かを訴えているのかな？

「どうしたフローラ？　パパに抱っこしてほしいのかな」

「だぁ」

フローラを抱き上げると、フローラは嬉しそうに笑った。それだけで僕の顔がデレデレにだらしなくなってしまう。

仕方ないよね。可愛いんだから。

「フローラは他の兎人族と比べても、身体能力は高いと思います。タクミ様の子供ですから」

「そうなんだ」

マーニと僕がそんなふうに話していると、春香を抱いたマリアがやって来る。マリアがマーニに張り合うように言う。

「それを言うなら、春香だって他の人族の赤ちゃんと比べて魔力が多いんですよ」

「えっ、春香もそうなのかい？」

「はい。ウィンディーネ様やドリュアス様が言ってました」

「なら、間違いないだろうな」

僕の身体が、ノルン様特製の物なのが影響しているのかな。それとも、レベルが上がって人族の域を超えた魔力を保有する僕と、同じく高レベルで人族としては規格外になりつつあるマリアとの子供だからなのか。

原因ははっきりとは分からないが、春香の保有魔力が人族の赤ちゃんのそれとは並外れて大きいのは確からしい。

「あら、エトワールちゃんも負けていませんよ」

「そうです。エトワールも凄いのよ」

そこに、エトワールを抱いたフリージアさんと、お隣のミーミル様の屋敷よりも僕の家にいる事の方が多いルーミア様がやって来た。二人の後ろでは、ソフィアが申し訳なさそうにしている。

「いや、フリージアさんは分かりますが、どうしてルーミア様まで……」

「母上が申し訳ありません、タクミ様」

フリージア様、ルーミア様がさらに続ける。

「エトワールちゃんは、エルフの赤ちゃんの中でも、見た事もないくらい魔力が多いのよ。ねえ、ルーミア様」

「そうですよ。エルフの王族でも赤ちゃんの時に、ここまでの魔力を持つ子はいませんでしたから」

……エトワール、お前もか。

流石にエルフの王族云々というのは、知られたらまずそうなので、釘を刺しておく。

「そ、それはそれで問題になりそうですから、内密にしてくださいよ」

「タクミ様、エルフ相手には秘密を守るのは難しいと思います」

「ああ、精霊か」

「はい。全ての精霊の口を塞ぐのは難しいですから」

「……だよね」

知性の高い上級以上の精霊なら、シルフ達大精霊が言えば従ってくれるだろうけど、中級以下の精霊は無邪気《むじゃき》な子供と一緒だからな。その口を塞ぐのは無理だと思う。

「だぁ？」

「大丈夫だよ、フローラ。パパを心配してくれてるのかな？」

ペシペシと僕の頬を小さな手で叩くフローラに癒されて、もう何でもいいやと開き直る事に決めた。可愛いは正義だ。

22　人を送りたい王達

三人の娘が生まれて、タクミは聖域に籠もる事が多くなった。

ボルトンのパペック商会には定期的に品物の納品があるようだが、それも回数は減っている。

タクミは商会を立ち上げ、王都に店を開いているものの滅多に姿を見せない。一応、在庫の確認と補充には来ているようだが。

バーキラ王は、これを機にタクミとの関係の強化を図りたいと考えていた。

ただ、一国の王が爵位も持たない平民に、子供が生まれたからといって、祝いの品を贈るのは難しい。

もっとも、精霊樹の守護者にして聖域の管理者を、他の平民と一緒に並べるのもおかしいのだが……

それはさておき、平民を特別扱いすると、うるさく騒ぎ出す貴族連中も少なくないのだ。特に、「貴族派」という派閥に属する貴族達は、聖域の恩恵にあずかれていない事もあり、タクミに対して否定的だった。

そうした環境でありつつも、バーキラ王としては、タクミとこれからも良い関係を築きたい思っていた。貴族派とこじれようが、それほどタクミはバーキラ王国にとって大きな存在なのだ。

そんなふうにしてバーキラ王が頭を悩ませる日々を送っていると、ユグル王国の王妃が聖域に長期滞在中という情報が入った。

宰相のサイモンがバーキラ王に告げる。

「パペック商会の会頭が驚いていました。イルマ殿の屋敷に入り浸り、ソフィア嬢との間に生まれた女の子を、可愛がっているそうです」

「エルフは子供が少ないからな。赤子となかなか接する機会もないのであろう。ルーミア王妃もミーミル王女以来であろうからな」

バーキラ王は、ユグル王国の王妃の振る舞いを微笑ましく思う一方で、ユグル王国が聖域との関係性を深めている事を羨ましいと感じていた。

「我が国もイルマ殿への影響力を強める努力が必要だな」

バーキラ王が何気なくそう口にすると、サイモンがぽつりと言う。

「文官を派遣してはいかがでしょうか」

「文官？」

サイモンは頷くと、提言の詳細を説明する。

「以前のイルマ殿が抱えていた仕事といえば、様々な物を開発し、特許や商品の売り上げに対する税の処理をすれば良かった程度。ですが、現在のイルマ殿は違います」

「ああ、聖域の人口がかなり増加しているからな」

バーキラ王は、サイモンが言わんとする事に気が付いた。

「はい。パペック殿の話では、人口が多くなり、土地の広さも小国並みの規模になっている現状、様々な事柄の事務処理に苦慮しているようです」

聖域住人が村レベルの人数だった頃なら、タクミが一方的に保護して全てを与えるだけで問題なかった。だが今では、様々な種族の人間が増え、人数はボルトンの人口を超えている。さらには、少額ながら税を納めるようにもなっていた。

「規模で言えば国の運営に近いからな。文官が圧倒的に足りないだろう」

「そうです。そこで恩を売れるチャンスと考えました」

また聖域からは、塩、精霊樹関係の素材、薬草類、果実、酒類、エルフ達の作る木工細工、ドワーフ達の造る武具といったように、タクミやレーヴァの造り出す魔導具を除いても、多くの物が交易品として輸出されている。

これら交易の売り上げは、タクミが生産者に分配しているのだが、それだけでも一苦労であった。それにもかかわらず、住民達はその報酬さえ望んでいないという。

その話をサイモンから聞かされ、バーキラ王は首を傾げる。

「どういう事だ?」

「聖域で暮らせるだけで幸せで満足だそうですよ。労働するのは、イルマ殿への感謝を表すためだそうです」

「……羨ましいな」

「まあ、そういう事で、いずれにしても人手不足は明確です。イルマ殿は優秀な文官を欲しているでしょう」

バーキラ王はため息を吐く。

「人選が難しいな」

「はい。優秀で、尚且つ聖域の結界を越えられる善良な人材など、寧ろ我らが一番に欲しいですからな」

「まったくその通りだ」

聖域に滞在するには、大精霊に認められた者でないといけない。優秀な人材ならそれなりに選出出来るかもしれないが、優秀な人間というものは変にプライドが高かったり、強欲だったり、色々と癖があったりするものなのだ。

「何とか探してみましょう」

「頼む。出来ればワインの交易量を増やせればいいのだがな」

「……陛下、そんな直接的な……」

こうして聖域に送り込む人材を探し始めるバーキラ王とサイモン。そんな彼らと同じように、ロマリア王国とユグル王国も動き出していた。

23　聖域会議？

聖域の中央区画に新しい建物が完成していた。

会議室や大ホールに、議会を開けるようなスペースまである。

聖域に住む人口が増え、種族も様々なので、皆んなで話し合って色々決める場所を造ろうと僕が建てたのだ。

まあ、思いつきで暴走した自覚はある。

現在もドワーフとエルフの職人によって、内装の装飾と彫刻が行われている。

そして今回、せっかく造った施設なんだから使おうと、聖域の住民代表から色々と話を聞いてみようという事になったのだけど——

◇

出席者は、僕、ソフィア、アカネ、レーヴァ、それと文官娘からシャルロット。

住民代表として、ケットシーのお父さんであるマッポ。

人族のバンガさん。

エルフのメルティーさん。

ドワーフのドガンボさん。

人魚族のフルーナさん。

住民の選出理由はというと、バンガさん以外は、ただ単に最初期の住民を代表にしただけなんだけどね。

「なぁ、タクミ」

「はい、何ですか、バンガさん」

「俺達に要望って言われても、これ以上タクミからもらうばかりじゃ、人間がダメになりそうなんだけどな」

バンガさんに続いて、メルティーさんが言う。

「そうですよ。住む家、耕す畑、農機具まで支給されて。これで税が私達が心配になるほど安いなんて、我儘《わがまま》を言ったらバチが当たります」

他の人達も頷いているね。

「いや、でも、何か要望とかあるんじゃないですか？」

僕がそう言うと、皆んなが顔を見合わせる。

皆んなが言うには、果樹園も酒造工房も田畑にしても全部僕が用意した物だから、聖域という大きな商会の会頭が僕で、住民が給料をもらって働いている従業員といった感覚らしい。

そんなわけで、ワイン、ウイスキー、果樹などが売れて嬉しく思うのだが、既にたくさんの施しを受けているので、お金が欲しいとは思わないと言う。

「えっ？　何で？」

「いや、だってよタクミ。ここで平和に暮らせる事が、どんな宝や大金よりも大事だろう」

「そうですよ。もともとがめつくお金を欲しいと思う人は、聖域の結界を抜けられないと思いますし」

「そ、そうなのか」

バンガさんとメルティーさんに言われるとそうかもしれない。

そこで、バンガさんが思いついたように言う。

「あっ、そういや、猟師の人数が少ないんだよな」

「魔物肉は十分ありますよね」

今の聖域にはバンガさんのような猟師の人数が少ない。基本的に聖域内にはウサギや鹿などの動物はいるが、食用になる魔物はいない。だから僕達が訓練がてら未開地で魔物を狩って、聖域の商店に格安で卸《おろ》している。

「まあ、食べる分には俺が猟師なんかしなくても十分な量はあるんだけどよ。ドリュアス様曰く、野生動物をある程度間引《まび》いておかなきゃダメなんだってよ」

「ああ、なるほど、そういう事ですか」

確かに、鹿とかは日本でも害獣として問題になってたな。農作物に対する害以外にも、木々の新芽まで食べ尽くすって聞いた事がある。

「分かりました。猟師のなり手が少ない件は少し考えておきます」

「あら、考える事ないわよ」

「どういう事だい、アカネ」

バンガさんから言われた猟師不足問題に、アカネから待ったがかかる。

「私のフェリルを忘れてない？」

「おお！　それを言うなら、レーヴァのセルちゃんもでありますっ！」

「ああ、フェリルとセルがいたね」

アカネの従魔であるシャドウウルフのフェリルと、レーヴァの従魔のセルヴァルのセルに頼めば、害獣が増えすぎないよう間引いてくれるだろう。

「なら、私のグロムも使いましょう」

対抗心を燃やしたのか、ソフィアまで従魔のサンダーイーグルのグロムの名を出してきた。

「じゃあ、猟師不足は従魔達に任せようか」

その後も、他にも何かないかと話し合いを続け、ひょんな事から、毎年恒例となった収穫祭が議題に上がる。

ドガンボさんが言う。

「なぁタクミよ。ここも住民がだいぶと増えた事じゃし、今年の収穫祭はド派手にせんか」

「収穫祭を派手にか……いいですね。形としてはそのまま収穫祭がいいのかな。他のお祭りって方法もあるけど」

新しく移住してきた住民の中には、お祭り自体を経験した事のない人もいる。なので、基本的には例年通りの収穫祭を開催する方向で考える事になった。

「じゃあ、お祭りの時期や内容に関しては、また別途考えましょう。今日はこのくらいですかね」

僕がそう言うと、バンガさんとメルティーさんが答える。

「そうだな。丁度タクミの子供も生まれた事だし、盛大な祭りにしようぜ」

「お子様は、人族、エルフ、獣人族と、各種族が祝福していますから、皆んなで盛り上げましょう」

こうして聖域会議で、聖域を上げての派手なお祭りを開催する事が決まった。

時期的にもう直ぐ農作物の収穫が始まるので、例年通り収穫祭をするのが濃厚だけど、色々と趣向を凝らしてみようかな。

24　お祭り準備開始

その後、僕の屋敷のリビングにて。

さて、この世界のお祭りってどうなんだろう。派手なお祭りって言ってもよく分からないな。去年までの収穫祭なら、食べて飲んで騒げばよかったんだけど……

「ねえ、派手なお祭りってどんなのがある？」

「お神輿《みこし》？」

「いや、日本じゃないんだから」

「盆踊り？」

「踊りはありかもしれないけど、盆踊りはないな」

「裸祭り？」

「それは良い……いやいや、冗談だから。それに裸祭りって卑猥《ひわい》なものじゃないから」

危ない危ない。アカネがボケるからツッコんでいたら、裸祭りのくだりでソフィアとマリアに冷たい目で見られちゃったよ。だいたい裸祭りは漢《おとこ》の祭りだよ。

マーニは初めて会った時、かなりセクシーな格好だったからな。裸というワードくらいでは過敏な反応はしないのかな。

「ユグル王国では各領地で行われる収穫祭と、王都で行われる建国祭くらいですね」

「あれ、精霊を祀《まつ》るお祭りはないの？」

「そう言われればありませんね」

ソフィアが教えてくれたユグル王国でのお祭りは、屋台などの出店が食べ物や飲み物を格安で売るらしい。それは聖域でも同じだから、それの規模を大きくすればいいのかな。

「えっ、それだけ？　パレードとかはやったりしないの？」

「はい。それだけですよ。パレードは王が代替わりした時に、王都で行われると言われています」

「言われていますって……そうか、王の代替わりなんて何百年もないんだったね」

長寿種族エルフおそるべし。

ただ、自分で言っておいてなんだけど、パレードはないな。誰がパレードするの？　ってなると、嫌な予感しかしないもの。シルフやウィンディーネ達だけで済むならアリだと思うけどさ。

「タクミ様やアカネが言うお祭りがどんなものか分かりませんが、私の知る限り収穫祭が最も一般的だと思います。去年の収穫祭より聖域も人が増えた事ですし、自然と大きなお祭りになるのではと思いますよ」

「そうですね。基本的に獣人族の集落なんて生きるのに精一杯の貧しい集落がほとんどですから、収穫祭以外のお祭りをする余裕はないと思います」

「そうなんだ」

そう話すソフィアとマーニ。

やっぱりこの世界は過酷なんだよな。改めてそう感じたよ。

感謝や祈り、慰霊のために神様を祀るのが、僕の前世でのお祭りの認識だ。それはこの世界でも同じで、収穫の供物を捧げて神様への感謝をするお祭りは、その規模の大小はあれど、この世界のスタンダードだと思う。

その対象がノルン様だったり、精霊だったりするみたいだけど、やっぱり全種族的にノルン様を信仰しているようで、精霊を信仰するエルフやドワーフにしても、ノルン様ありきで、プラス精霊みたいな感じらしい。

「じゃあ、去年よりも大々的に収穫祭をしようか。どんな形にするのかは、これから相談しながら決めないといけないけど」

「そうですね。お祭り自体は皆んなが喜ぶ事ですし、色んなイベントもあるといいかもしれませんね」

僕は前世では、お祭りって子供の頃くらいしか行かなかったから、頭の中になかったよ。この前の話し合いで言われなかったら、思いつきもしなかったと思う。

前世の僕は、人混みが苦手だったからなぁ。

「ねぇねぇ、私的に収穫祭ってよく分からないけど、お祭りなら花火も上げましょうよ」

「花火か、良いな」

僕が前世でのお祭りの記憶を思い出していると、アカネから花火を打ち上げようと言われて、それもアリだと考える。

僕の感覚では、花火大会とお祭りは別物だったんだけど、お祭りと奉納花火がセットのお祭りもあったはずだ。見た目が派手だしね。

「花火？　でありますか？」

「うん？　この世界には花火ってないのか」

レーヴァからの問いに、この世界に花火が存在しない事を知る。

「それもそうね。お手軽で威力の高い魔法がある世界で、火薬が発明されるわけないわよね」

「確かに。でも火薬の扱いは気を付けた方がよさそうだな」

「ええ、私達がこの世界の科学の発展の針を進めるのは違うと思うもの」

「オケアノスやウラノスを造っておいて今さらな感はあるけど、火薬はその存在を秘匿《ひとく》した方がいいだろうね」

この世界で、もし火薬の事が漏れても、当面、黒色火薬や褐色《かっしょく》火薬が精一杯だと思うけど、一度それを知ると、回り出した科学の進歩を止めるのは難しいだろう。

科学の発展が悪いわけじゃないけど、科学が急激に発展するのが戦争だという事を忘れちゃいけない。他にも公害なんて起きたら……この世界には似つかわしくないしね。

「花火に関しては全部僕が造るよ。花火を打ち上げるための専用ゴーレムも造ろうと思ってるしさ」

「それがいいわね」

「そこまで神経質になる必要はないと思いますよ。聖域の中で何が行われているのか、見る事は出来ませんから」

「そうだね。でも一応花火は僕が一人で造るよ」

ソフィアが言うように、結界のお陰で聖域の外から中の様子を見る事は出来ない。だけど細心の注意をしておこう。何処から情報が漏れるか分からないからね。

特に無邪気な中級以下の精霊の口は塞げない。正確な情報が漏れる心配はないけど、聖域で何かが行われたとバレるのは避けれないからね。

「あとは一般的な収穫祭の儀式ってどんな事をするのか教えてくれないかな」

「「「…………」」」

花火は僕が一人で準備するとして、聖域の外での収穫祭ってどんなものかを聞くと、アカネ以外の皆んなが顔を見合わせる。

去年までは、お供え物を前に、ミーミル様が簡略した祝詞《のりと》をあげて、ただ単に食べ物を振る舞ってお酒を飲んで騒いでいたんだけど、正式な収穫祭ってどうなんだろうな。

ミーミル様曰く、ユグル王国では収穫祭ならこんなものだと言っていたけど、ここには色々な国出身の人がいるからね。

その後、色んな住民に聞いたところ、どうやら種族や地域により、本当に様々らしい事が分かった。

どう折り合いを付けようかな。

◇

さて、今年の収穫祭を去年以上の規模で開催する事が決まり、皆んなの話を色々と聞いて、聖域なりの収穫祭をしようという事になった。

だって、マーニの生まれた集落なんて僅《わず》かな収穫物を供えて終わりだって言ってたし、流石にそれはないからね。それなら去年までの収穫祭で問題ないわけだし。

とまあ、聖域らしく自由気ままにやってみようかな。

ひとまず皆んなに協力してもらい、去年よりも屋台を色々と出そうと決まった。聖域の人口が去年と比べてもだいぶ増えたから、その分増やさないとダメだからね。

他の変更点はというと、聖域にある創世教の大教会を管理してくれている神官さんが、今年から収穫祭の儀式を手伝ってくれる事になった。去年まではミーミル様に任せっきりだったんだけど、一人じゃ大変だからね。

因みに、各国ではどんな儀式をしているかというと、バーキラ王国の穀倉地を領地に持つ街や村での収穫祭では、収穫された作物を祭壇にお供えして、女神様に祝詞をあげているとの事。ユグル王国なら、そこに精霊へのお供えと祈りが加わるようだ。

まあ、聖域での収穫祭はその精霊がいるんだけど……どういった形式が望ましいんだろうね。

それはさておき、今、聖域に住む女性陣は、屋台で出される新メニューを考えたり、試作したりと張りきっている。

僕としては、あとパペックさんに声をかけて、屋台を出してもらえないか聞いてみようと思っているんだよね。

収穫祭の期間限定で、パペック商会の人間を聖域の中に入れる事になるけど、どうしてもダメな奴は結界を越える事が出来ないので大丈夫だろう。どうせ収穫祭の期間、ある程度外から人が入ってくるからね。

そういえば、収穫祭の話をしていると、是非とも今年も参加させてほしいとミーミル様が言ってきたんだけど――

「今年は去年よりも盛大に収穫祭をされると聞きました」

「はい。聖域も人が増えましたし、年に一度のお祭りと、恵みを与えてくれた女神様への感謝をと思いまして」

「儀式もされると聞きましたが」

「はい。去年まではミーミル様に任せっきりになっていましたが、創世教の神官達が引き受けてくれると言ってくれていますので」

「その儀式に是非私も参加させてください！」

「えっと……どうし……」

「では、早速打ち合わせしてきますね」

「いや、ミーミル様！」

僕がどうしようかと考えていると、まだオーケーも出していないのに、ミーミル様は創世教の神官と打ち合わせがあると行っちゃった。

まあ、ありがたい話ではあるんだけど……

「フフッ、ミーミルったら張りきっちゃって。タクミさん、私も侍女達と屋台を出したいと思っているの」

「えっ！　ルーミア様が屋台ぃ!?」

「ええ、それで少し国から人を呼ぶけどお願いね。ああ、勿論、大精霊様達に許可をいただいてからよ」

「わ、分かりました」

「ありがとう、タクミさん。じゃあ、私は国に連絡しなくちゃいけないから、失礼するわね」

ルーミア様までいそいそとミーミル様の屋敷へと戻っていった。

「……王妃様が屋台……いいのか？」

ルンルンと機嫌良く去っていったルーミア様を見送り、僕は今のうちに一仕事する事にした。

◇

工房に移動した僕は、花火についてもう一度考える。

火薬の扱いを慎重にしなければいけないのなら、いっそ火薬を魔法で置き換えて表現出来ないかな。

「色の違う火花を作るのは問題ないな。打ち上げるのもゴーレムにタイミングを指示するのは簡単だし……あれ？　火薬じゃなくても魔導具で出来るんじゃないかな」

火花の色を変えるのは、花火なら火薬に混ぜる原料をいじればいい。だけど魔法なら術式を変更するだけで済む。

「そうだよ。クズ魔石を使えば、空中で爆発させても惜しくないしな」

あとは、僕のイメージする花火と同じ感じで空中に火花で絵を描ければオーケーだ。

どちらにしても実験は必要だな。

そうと決まれば、発射台となるゴーレムから製作する。

このゴーレムは人型にこだわる事はない。打ち上げるための筒があって、打ち上げるタイミングさえ制御出来ればいいのだから。それこそ二足歩行しない方が安定する。

僕が試作のゴーレムを一体造り終えた時、工房にレーヴァが入ってきた。

「あれ？　変わったゴーレムでありますな」

「うん、とりあえず試作だけどね」

レーヴァと話しながら、僕は打ち上げる花火用の魔石を取り出す。

「おや？　魔石でありますか？」

「ああ、よく考えたら火薬を使う必要なんてなかったと気が付いてさ。魔法で派手な火花を散らせばいいってね」

「おお、それは面白そうでありますな。レーヴァもお手伝いしていいでありますか？」

「そういえばレーヴァはどうして工房へ？」

「屋台用のコンロの魔導具を少し造り足しておこうと思っただけであります」

レーヴァの話では、火を使う屋台のほとんどが魔導具を使用するようで、足りなくなるかもしれないと、造りに来たらしい。

「焼き鳥と串焼きは炭火で焼くらしいでありますよ」

「確かに焼き鳥や串焼きは炭火が美味しいからね」

その後、レーヴァに花火の形や色を絵を描きながら説明し、二人で感性のまま試作を重ねた。

夜になったら、隠匿結界を張って実験しないとな。隠匿結界を張るのは、皆んなに見られるとサプライズにならないからね。

やっぱりこういったイベントの準備って楽しいな。

聖域の住民が協力しての収穫祭の準備が進んでいる。住民は、農作物の収穫作業に加えて、屋台設営などに大忙しなんだけど、どの顔も楽しそうだった。

◇

収穫自体は十日ほどかかるので、収穫祭の開催は、だいたい十五日後と決まった。

パペックさんが到着するのが収穫祭の三日前。そこからの準備なので、パペックさんの分の屋台はこちらで揃える事になっている。

ルーミア様がユグル王国から使用人を呼び寄せるのにも日にちがかかる。当然のように屋台の製作を依頼された。

だいたい十五日後って曖昧《あいまい》な言い方にしてるのは、収穫状況やお祭りの準備で一日、二日前後する可能性があるからだ。

普通の収穫祭なら日程が決まってないと困るだろうけど、基本的に聖域の収穫祭はそのあたりはゆるゆるだったりする。


今、工房では、レーヴァがアカネ監修のもと射的《しゃてき》や輪投げなどを作っている。僕も、食べ物以外のお祭りの出店といえば、そのくらいしか思いつかない。

「屋台の数は多くなるでしょ。輪投げや射的も子供達が喜ぶだろう。花火魔法も見た目が派手で綺麗だから皆んなにウケると思う。他に何か必要かな……」

火祭りは派手だけど流石に危ないし、山車《だし》を今から造れるかと言われると……錬金術とエルフの職人総がかりならイケるか？　でも、お神輿や山車はノルン様のイメージじゃないか。

あとは、色んなイベントを開催するかどうかだな。

収穫祭とは合わない気がするけど、早食い競争や大食い競争とか面白そうだ。他にも色々とイベントを開催するのはアリだと思う。

どうせ堅苦しい儀式は最初だけで、あとは大騒ぎするんだし、シルフやウィンディーネ、ドリュアス達も楽しければそれでオーケーみたいだしな。

◆

文官を送り込み、聖域との関係を強化したいと人選を進めていたバーキラ王国の宰相、サイモンの耳に、聖域での収穫祭の話が聞こえてきた。

「考えてみれば当然の事ではあるな」

聖域産の物は、酒類だけじゃなく農作物や果物も人気だ。そんな土地で収穫祭が行われないわけがない。

早くも、パペック商会の馬車が数台、王都からボルトン方面へ旅立ったと聞き、その目的が聖域の収穫祭だと察知したサイモンは慌てて動き出す。

サイモンの妻ロザリー夫人は困惑していた。いきなり屋敷に帰ってきた夫が、急に荷物をまとめて出掛ける事になったのだ。

「どうなさったの、あなた」

「お前も聖域の事は知っているだろう？」

「はい、勿論。バーキラ王国の貴族で知らぬ者はいないと思いますが」

「それで今王国は収穫祭の時期だ」

「ええ、王都周辺でもあちこちで開催されますわ。私も楽しみにしていましたのですが……」

ロザリーは、いつもの夫らしい遠回しな説明に、この時ばかりはイラついた。

「なら分かるであろう。これから聖域の収穫祭に行くのだ」

「まあ！　聖域へ行けるのですか！」

まさか聖域へ行けるとは思っていなかったロザリーの声のトーンが上がる。

バーキラ王国の王都で開かれる貴婦人達のサロンでは、聖域産のワインだけでなく、様々な産物が話題の的《まと》だった。

サイモンがタクミやパペックと顔見知りだという事で、聖域産のワインが手に入れやすいため、サロンではロザリーも優越感に浸ったものだ。

「ああ、強行軍になるが辛抱《しんぼう》してくれ」

「勿論ですわ！　聖域へ行けるのなら、馬車の揺れなど何ほどのものです！」

ロザリーが興奮気味に言うが、この馬車はタクミ製の揺れの少ない馬車なので心配は無用。

しかし、それを指摘するほどサイモンもバカではない。ロザリーをこれ以上興奮させるのは得策ではないのと知っているのだ。


暴走馬車の如く、疾走するサイモンが聖域を目指していた頃、同じように爆走する馬車があった。

それは、ルーミアが通信の魔導具を通して使用人を呼び出した事に始まる。

当然、その事は夫で国王のフォルセルティや宰相のバルザに伝わっていた。

フォルセルティが勢いよく立ち上がる。

「バルザ、あとを頼む！」

「へ、陛下！　お待ちください！」

「ええい！　王妃と娘が待っているのじゃ！」

「王妃様も王女様も陛下を呼んでいません！」

「とにかくあとは任せた！　何かあれば王子と長老衆で何とかなるじゃろう！」

「あっ、陛下ぁー！」

フォルセルティは準備を急がせる。

「こんな事でもなければ、王妃と娘に会えぬではないかぁー！」

フォルセルティ王がユグル王国を出るのは何年振りであろう。間違いなく異常事態なのだが、一向に帰ってこない王妃や王女にも責任があると言えよう。

それからフォルセルティを乗せた馬車が出発したのは、ルーミアが呼び寄せる使用人を乗せた馬車と一日遅れ。

王の外遊としては、ありえないフットワークの軽さだった。

25　渋滞する門

去年と比べて随分と聖域の人口が増えたし、僕の娘達の誕生と合わせて、今年の収穫祭は去年以上の規模で開催しよう。

そんなふうに決まって、僕達は準備に奔走《ほんそう》し始めたんだ。

つい先日エトワール達のお披露目の宴でお酒は飲み尽くしたと思ったんだけど、ドガンボさん達ドワーフは大量のお酒を用意している。パペックさんが見たら、少しでもいいから売る分に回してほしいと言ってきそうだ。

因みに、ドワーフ達の仕事は他にもある。去年まで使っていた屋台を修理したり、追加で新たに屋台を作ったりだ。

あと、マリアとカエデが服を縫っているけど、誰のなのかな。子供達の服かな。少し派手な気がするのは僕だけかな。

収穫祭の最初に行われる儀式の場所は去年までと同じだけど、今回は祭壇の大きさが五割増しだ。

まあ、農作物の収穫量が格段に増えているからね。

僕が、花火魔法を打ち上げる魔導具を作り終えたタイミングで、ルーミア様が国から呼び寄せた使用人が、出島区画に到着したとの連絡が入った。

「結界は通したけど問題なかったわよね」

「シルフ達の目で見て問題なければ、僕は何も言う事はないよ。ルーミア様が呼んだ人達だし、滅多な事はないでしょ」

わざわざシルフが報せてくれたが、使用人を通すくらいなら問題ない。

そもそも、パペックさんが既に人を連れて到着しているしね。因みにパペックさんは、王都からボルトン経由で超特急で駆け抜けたようだ。

パペックさんは早速、屋台の設置場所についてアカネと打ち合わせをしている。

◇

屋台が並ぶ中央区画の大通りに様子を見に行く。

到着して間もないルーミア様の使用人達が、ルーミア様と一緒に、屋台で出す料理の試作を始めていた。

ルーミア様が率先して料理を作っており、それを見てミーミル様が驚いている。

「……お母様、お料理なんて出来たのですね」

「あら、当たり前じゃないの。嫁《とつ》ぐ前は普通にお料理してたわよ」

「私もお料理を習った方がいいでしょうか」

「フフッ、まあ、あなたは教会の仕事もあるものね」

そんな会話をしている親娘を見ていた僕に、また突然現れたシルフから報告があった。

何でも、聖域の門の前に、商隊ではない豪華な馬車が何台か到着し、門の中に入るのを待っているらしい。

「……えっと、冗談じゃないよね」

「私がそんな冗談を言う必要なんてないじゃない」

「はぁ、そうだよね」

「結界を通すのは問題ない人物ばかりだから、出島区画までは通すわよ」

「うん、お願い。僕はルーミア様に声をかけて出島区画に向かうよ」

「了解。分かったわ」

やって来たのは、まさかまさかユグル王国の国王フォルセルティ王の乗る馬車だった。フォルセルティ王は、聖域の門の前で順番待ちしているらしい。

僕は慌てて、屋台の準備を嬉々としているルーミア様に声をかける。

「ルーミア様！」

「あら、どうしたのかしらタクミ君」

「あのですね。シルフが報せてくれたんですが……ユグル王が聖域の入り口に来ているらしいです」

「えっ？　それってフォルセルティの事？」

「はい……」

「はぁ～、ごめんなさいね。もう、あの人何してるのかしら」

ルーミア様は呆れた顔をするが、「多分あなたが帰らないせいだと思うんですが……」なんて言えないけどね。

「じゃあ準備は頼むわね」

「はい！　お任せください！」

「行きましょう、タクミ君」

「は、はい」

ルーミア様は、近くにいた侍女さんに屋台の準備を任せ、僕に行こうと促す。

門まではかなりの距離があるので、ルーミア様を歩かせるわけにはいかない。僕は、馬車をアイテムボックスから取り出すとツバキを呼んで繋ぎ、門へと向かった。

何故かシルフも一緒で、何だか嬉しそうに声をかけてくる。

「タクミに追加の報告よ」

「……あまり聞きたくないな」

「フフッ、ルーミアの旦那だけじゃなくて、バーキラ王国の宰相が夫婦で到着したわ」

「えっ!? 宰相って、サイモン様が！　夫婦でって、どうして？」

意味が分からない。一瞬困惑したけど、そんなにおかしな事でもないのか？　サイモン様自体が聖域に訪れるのは驚きこそすれ、まあない事はない。ただし、事前に通達があるのが普通だ。

でも、ユグル王国の国王が突然来訪するのに比べれば、顔見知りのサイモン様なら問題ないかと思い直す。

「とりあえず、ユグル王とサイモン様を出島区画まで通してくれるかな」

「了解」

ユグル王国の国王とバーキラ王国の宰相の突然の来訪に頭を痛めながらも、僕はツバキに出島区画へと急ぐように指示を出した。


僕達が出島区画に到着すると、ユグル王とサイモン様が互いに挨拶しているところだった。

ユグル王の従者が馬車から荷物を運び出し、宿泊施設に入っていく。そこでふと、僕はサイモン様の背後に立つ女性に気が付いた。

そういえば、シルフは宰相夫婦って言ってたな。じゃあ、あの人が宰相夫人か。

随分と若く見える。サイモン様といると、娘でも通用しそうな上品なご夫人だ。

異様に迫力のある巨体のツバキが目立つおかげで、ユグル王とサイモン様達は直ぐに僕達に気が付いたようだ。

ユグル王が、ルーミア様を見て顔を綻《ほころ》ばせる。

「おお！　妃《きさき》！　会いたかったぞ！」

「……何しているのですか、あなた」

ユグル王とルーミア様の感動の再会かと思われたが、ルーミア様の冷たい視線に、ユグル王の足が止まる。

「えっ、えっと、ルーミア。儂がはるばる会いに来たのだぞ」

「ですから、政務を放り投げて、何をしているのですか？」

年を経ても美形なエルフの王の嬉しそうな顔が、引き攣る。

確かに、収穫祭の時期は政務も忙しいだろうから、国を出て何をしていると言うルーミア様の意見は正しい……正しいんだけど、もう少し優しくしてあげてください。

見ていられなくなって、ユグル王から視線を外したところ、サイモン様が奥様を連れて、僕らに近づいてきた。

「イルマ殿、突然の来訪にもかかわらず、快く迎え入れてくれてありがとう」

「サイモン様もお元気そうで」

この人も、この時期に聖域に来ていい人じゃないと思うんだけどな。

「妻のロザリーだ」

「初めまして、タクミ・イルマです」

「まあ！　あなたがこのパラダイスの主人なのね！」

「パ、パラダイス？」

「こ、これ！　ちゃんと挨拶せんか」

「あら、ごめんなさい。私はロザリー・フォン・ポートフォート。この人の妻よ」

ロザリー夫人は目をキラキラとさせてキョロキョロと周りを見渡している。僕との挨拶も気もそぞろって感じだ。

「申し訳ない、イルマ殿。ロザリーは国外に出るのが初めてでな。少しはしゃいでいるのだ。いい歳をして恥ずかしい限りだが」

「あなた、いい歳って言いました？」

「い、いや、そんな事は言っていないぞ」

「そう、ならいいの」

サイモン様がロザリー夫人の事を「いい歳をして」と言った瞬間、ロザリー夫人の顔が変わった。

サイモン様も慌てて否定したけど、あとが怖そうだ。

僕は空気を読んで話を変える。

「それで、今回の来訪はどうしたのですか？　予定にはなかったと思いますけど……」

「お、おお、その事なのだが、一つにはイルマ殿の子供の誕生を祝いたいと思ってな……というのは建前で、実はパペック商会の会頭がいつもの予定以外で聖域へ出発したのを掴んだんじゃ。しかもかなりの強行軍でとなれば、何があるのか気にもなるというものじゃ。まあ、本命はもう一つあるのだが、それは改めて席を設けてくれぬか」

一国の宰相が、僕の子供が生まれただけで、祝いを言うためにわざわざ聖域に来るわけないよな。何の話か分からないけど、とりあえずは収穫祭のあとにしてもらおう。

「はぁ、分かりました。聖域の収穫祭があるので、それが終わってからでもいいですか？」

「おお！　収穫祭か！　いいタイミングだったな。これは儂も楽しませてもらおう」

「今日はお疲れでしょうから、宿泊施設でゆっくりと過ごしてください」

「うむ、いくら揺れの少ないイルマ殿製の馬車とはいえ、これだけ長時間走り続けると少々疲れた。今日はゆっくりとさせてもらおう。おい！　ロザリー！　ロザリー！　聞いているのか！　宿泊施設にチェックインするぞ！」

「え、呼んだかしら。まあ！　今日はここに泊まるのね！　凄い豪華な建物！」

「頼むから落ち着いてくれ」

ロザリー夫人がサイモン様に手を引かれて、宿泊施設に入っていった。

ロザリー夫人はアラフィフのはずだけど、その見た目はアラサーと言われてもおかしくないくらい若々しかった。だからなのか、その行動もパワフルでエネルギーに溢れている感じがするね。

ユグル王とルーミア様の状況が気になって見てみると、そこには情けない表情で懇願するユグル王の姿が……

「なあ、妃よ、せっかく儂が来たのに離ればなれなのか」

「ええ。私はミーミルの屋敷に部屋がありますから」

とうとうルーミア様専用の部屋が出来たんだね。

「ならば、儂もミーミルの屋敷で泊まればいいのではないのか？」

「ごめんなさい。もう部屋がないの」

「いや、妃と同じ部屋で……」

「あなたを世話をする従者や侍女の部屋がないからダメよ」

「……」

護衛の騎士達は無理だけど、従者くらいなら使用人専用の寮みたいな建物を建てたと思うけど……ああ、ルーミア様が人を呼び寄せたから手狭《てぜま》になったのか。

ルーミア様が僕に声をかけてくる。

「行きましょう、タクミ君」

「えっと、大丈夫なんですか？」

「ええ、いきなり来てミーミルの屋敷に泊まりたいなんて無理ですから。ベッドもありませんし」

結局、ユグル王は従者や護衛の騎士と一緒に、出島区画にある宿泊施設で泊まる事に決まったみたいだ。

トボトボと宿泊施設に向かったユグル王を見送り、僕とルーミア様は出島区画をあとにした。

しかし、ユグル王は何故この時期に聖域に来たんだろう。まさか、妻と娘と会えないのが寂しいから、なんてないよね。

◇

サイモン様やユグル王が聖域に到着した翌朝、出島区画の宿泊施設に迎えに行った。

今日は収穫祭当日で、最初に行う儀式はお昼前に始まり、そのまま流れで宴会に突入するんだと思う。

その前に、パレードなんてするはずないよね。

今朝起きて外に出たら、そこにツバキが引けそうな山車《だし》があったんだけど。

その山車の上に、僕達が乗れるようになっていたんだけど。

……うん、パレードするんだね。

朝からソフィア達張りきっているもんね。

儀式はミーミルが取り仕切り、創世教の神官がサポートするらしく、ミーミル様は朝一で禊《みそぎ》を済ませて気合が入っているようだ。

サイモン様とロザリー夫人が楽しげにしている。

「賑やかだな。王都の建国祭と変わらぬ賑わいじゃないか」

「本当ですわね。見た事もない食べ物がいっぱいですわ」

聖域の住民達が出す屋台が並ぶ一画では、朝から多くの人達が最終準備に追われている。

この屋台の料理は去年とあまり変わらないが、パペック商会がバーキラ王国の伝統料理やこの世界の定番の料理の屋台を出してくれたので、去年とはだいぶバリエーションが増えている。

さらに、ルーミア様主導でいくつかの屋台が出ている。これはユグル王国の料理が中心で、去年までの屋台と比べて様々な料理の選択肢が増えていた。

「あら、朝からお酒を飲める場所がありますわよ」

「おお！　聖域産のワインじゃないか！」

今年の収穫祭で、お酒の扱いをどうするか、ドガンボさんやゴランさんとかなり話し合った。

去年までの聖域の住民だけの収穫祭は、宴会の延長線みたいなものだったんだよね。料理やお酒を買うお金は僕が配ったし、実質タダみたいなものだった。

でも今年は聖域の産物の売り上げから住民も収入を得ており、聖域内でも貨幣経済が浸透し始めている。

そんなわけで、激安価格とはいえ料理やお酒を売る事が決まった。

サイモン様が興奮しているのも分かる。聖域産のワインは流通量が少ないのに、大人気らしいからね。

「儀式が終われば、自由に屋台を楽しんでください。ワイン以外にも色々な種類のお酒がありますよ」

「儀式後か……う、うむ、そういえばまだ朝だったな」

サイモン様クラスでも日常的に聖域産のワインは飲めないらしく、特別な日のご褒美的な扱いだと言っている。

僕的には、安くして量ももっと多く売る事が出来たらいいと思っているんだけど、流石にそれはドワーフ達や大精霊達もウンとは言わない。

どうしても、聖域の住民優先だからね。

因みに大精霊達はタダ酒を飲んでいるけど、誰も文句は言わない。大精霊達には奉納している感覚なのかな。精霊はお金を持ってないしね。

その後、ユグル王にはミーミル様の屋敷に行ってもらい、サイモン様とロザリー夫人は一旦僕の屋敷に招く事になった。

二人をリビングに案内したところ、メリーベルが僕に着替えるように言い、僕の部屋へと連れていかれた。

「タクミ様、直ぐに着替えてください」

「えっ。皆んな、その服は……」

部屋には、ソフィア、マリア、マーニの奥さん三人と、その腕の中にいるエトワール、春香、フローラ。そして、レーヴァ、アカネ、ルルちゃん、カエデがいた。

そして皆んなに共通しているのは、全員が美しく着飾っていたんだ。

「綺麗でしょう？　タクミから何か言う事があるんじゃないの」

「………き、綺麗だ」

アカネに促され、一言声を出す事が出来た。

ソフィアのドレスは深いグリーンで、大人っぽいデザイン。マリアのドレスは濃いピンク系の可愛いらしい雰囲気で、マリアによく似合っていた。マーニの黒色のドレスは、マーニの肌の白さを際立たせ、デザインも色っぽく目の毒だ。

レーヴァ、アカネ、ルルちゃんのドレスもそれぞれ素晴らしく、とても良く似合っている。

何故かフリージアさんも便乗している。カエデ製の極上な布地で作られたドレスを身にまとっていてご機嫌だ。

エトワールや春香、フローラも綺麗な赤ちゃん用のドレスを着せてもらっていた。

「ほら、タクミ君も着替えないと」

「あ、ああ、エリザベス様」

そこにシャルロット達文官娘三人と、シャルロットの母親のエリザベス様が入ってきた。

よく見ると、メリーベルをはじめ、メイド達と文官娘達も抑えめだけど上品な感じで着飾っている。エリザベス様はいつも以上に豪華な衣装だ。

そして、僕に用意された衣装を改めて確認する。

「……着なきゃダメなんだよね」

「勿論です。さあ、奥様方とお子様方は儀式場に向かいましょう」

メリーベルに促され、用意された衣装を手に取り眺める。

貴族が着そうな派手な服だ。アカネのデザインなのか、カエデ製の布地だからなのか、下品に見えないのが救いかな。

「お早くお願いします」

「はい」

子供達がメイド達に抱かれ、ソフィア達も部屋を出ていく。サイモン様とロザリー夫人は、執事のジーヴルが儀式場まで案内するらしい。

ポツンと取り残され、諦めて用意された衣装を着る。

これってあれだよね。山車みたいなのを作ってたのと関係あるよね。

どうやら今年の収穫祭は、僕の子供達のお披露目という意味合いもあるらしい。前にお披露目はしたはずなんだけど……

うん、諦めが肝心だな。

26　収穫祭、お披露目、花火

屋敷から収穫祭の儀式を行う祭壇までは、歩いても直ぐの距離だ。

それだけ、僕の屋敷が聖域の一等地だという事なんだけどね。

今年の祭壇は、去年までのものより立派だった。

去年までは、日が沈みかけた夕方に、お供え物を供え、ミーミル様が祝詞を唱え、その後屋台に繰り出していた。だが、今年は午前中から始めるらしい。

祭壇の側に行くと、既に聖域中の住民が集まってきていた。

その光景を見て、随分と人が増えたと感慨にふけっていると、ウィンディーネに手招きされる。

どうやら、僕待ちだったみたいだ。

祭壇に聖域で収穫された農作物や、それから造られたお酒類が供えられ、ミーミル様が女神ノルン様と精霊へ感謝の祝詞を捧げる。

創世教の神官達がサポートし、儀式は滞《とどこお》りなく終える事が出来たようだ。

すると、ツバキが大勢の人が乗れるような山車を引いて現れた。

続いて、タイタンが山車に乗れるよう階段を持ってくる。

うん、これに乗るのね。僕が一番なのね。

タイタンやツバキの視線に負けて、階段を上《のぼ》って山車に乗ると、ソフィア、マリア、マーニが続き、その後にアカネ、ルルちゃん、レーヴァが乗ってきた。ソフィア達の腕の中には、それぞれ子供達が抱かれている。

ソフィア達のサポート役なのか、メリーベルを筆頭にメイド達が乗り込み、シャルロット達文官娘三人も乗ってきた。

そして、何故かシャルロットの母親のエリザベス様、続いてルーミア様がミーミル様を連れて乗り込み、勿論フリージアさんは着飾って乗ってくる。ダンテさんはユグル王に遠慮したのか、山車には乗らないみたいだね。

というか、そもそもユグル王は放置して大丈夫なんだろうか？

そうこうしているうちに、最後に大精霊達が山車に乗り込んだ。

やがて、ツバキが引く山車がゆっくりと動き出した。いつの間にか、ツバキの背にはカエデが乗っている。

広く作られた通りの両側に詰めかけた聖域の住民が、歓声を上げて手を振っている中、ツバキの引く山車が進む。

うん、立派なパレードだね。

何とも言えない表情をしていたのか、僕にウィンディーネが話しかけてくる。

「諦めなさい。あなたの子供が生まれたっていうのは、あなたが考えている以上に聖域の住民にとって喜ばしい事なのよ。私達大精霊にとっても嬉しい事だしね。特にエルフのエトワールは、次代の精霊樹の守護者にして聖域の管理者になる可能性が高いんだから」

「……やっぱりエトワールなんだね」

「仕方ないわよ。寿命の関係でそうなる可能性が高くなるのは」

ため息が出そうになるのを我慢する。

娘が将来、聖域に縛られるのは望んでいない。だけど、僕よりも長生きするであろうソフィアとエトワールが暮らしていくのに、聖域は悪くない場所だと思い直す。

僕が思っていた以上に、エトワール、春香、フローラは聖域の住民に熱烈に歓迎されていた。

こういうパレードみたいな催しを見るのが初めてだから、住民達は余計に盛り上がっているだけかもしれないけどね。

ワッパら聖域の子供達からの歓声に、手を振り返していると、シルフからも話しかけられる。

「そろそろタクミも自覚しないとね」

「自覚？」

「そう。ここの住民達にとって、あなたは王なのよ」

「王……か」

「考えてもみなさいよ。ここって人口はまだまだ国と言えるほどじゃないけど、広さは小国並みだし、軍隊はないけど多くのゴーレムがいる。三ヶ国との交易で外貨も潤沢《じゅんたく》だわ。そんな環境を整えて与えてくれたタクミは、間違いなく聖域の代表でしょ」

「まあ、聖域の代表には違いないけど……」

「なら、あなたの子供達の誕生を喜ぶ住民の気持ちも分かるでしょ」

僕自身はもう自業自得だから、耳目《じもく》を集めるのは諦めたけど、出来れば子供達は普通の環境で育てたかったたな。

「まあ、そんなに難しく考えなくてもいいわよ。普通の国とは違って、ここでは王として振る舞う必要もないから、役割としての管理者と守護者であればいいのよ」

「それが大変だと思うんだけどな」

「フフッ、大丈夫よ～。お姉ちゃんがタクミちゃんの子供達、その子供達まで見守ってあげるわ～」

「ああ、頼むよ、ドリュアス」

中央区画でのパレードが終わると、僕達は普段着に着替え、屋台に繰り出した。

エトワール達はメイド達に連れられ、屋敷でお寝んねだ。

サイモン様とロザリー夫人は、屋台巡りに行ってしまった。

ルーミア様は、侍女達とユグル王国伝統料理の屋台で売り子をしていた。その側で、ユグル王が他の屋台で買った食べ物を両手に持って、食べながらルーミア様を見ている。

それでいいんですか、ユグル王。

◇

やがて日が暮れ、空に星が輝く時間になった。僕は皆んなから離れると、花火の打ち上げを開始する。

ヒュ～～～～　ドンッ!!

雰囲気作りのために、わざわざ笛を付けた花火魔法が打ち上げられ、夜空に大輪の花を咲かせる。

「うわぁ～～!!」

「凄ぉ～い！　綺麗だね！」

「キレイだニャー！」

一瞬、何が起こったのか分からず住民がシンと静まる中、子供達の無邪気な声が聞こえ、やがて住民達の歓声が上がる。

一度打ち上げの指示を出せば、あとは自動で、用意した花火魔法の魔導具は全て打ち上がるだろう。

僕も家族のもとに戻ろう。

27 宰相の提案

収穫祭とエトワール達のお披露目、それと花火の打ち上げは大成功だったと思う。

そして今日は、サイモン様が僕の屋敷に訪れて話があるらしい。話があるのなら宿泊施設の方ですればいいのに。会議室もある事だしさ。

だけど、ロザリー夫人がうちに来たかったそうで、うちでする事になった。

そのロザリー夫人は、ソフィア、マリア、マーニ、フリージアさんに加えて、当たり前のようにいるエリザベス様とルーミア様とお茶会をしている。

僕はサイモン様に言う。

「……それで、今回は収穫祭目的で来たわけじゃないですよね」

「うむ、イルマ殿とソフィア殿達との子供達の誕生祝いを持ってきている。これが目録じゃ」

サイモン様が差し出した目録を受け取る。

「王都で集めた銀食器や陶磁器《とうじき》、あとは木綿《もめん》の布地をメインに持ってきた」

「ありがとうございます。どれも嬉しいですが、特に木綿の布地はありがたいです」

聖域の住民達用に、木綿の布地を持ってきてくれたらしい。流石サイモン様だ。聖域住民が何を欲しがっているか分かっている。お祝い返しを考えておかないとね。

「祝う気持ちは嘘ではないが、まあ、これも建前の一つじゃ」

「建前ですか？」

「宰相の儂には、聖域を訪れるにも理由が必要じゃからな」

「……はぁ」

今回サイモン様が聖域に来たのは、収穫祭が目的でも、子供の誕生祝いがメインの目的でもないみたい。

まあ、当たり前だよな。一国の宰相が、国外の収穫祭のためにわざわざ来るのは理由として弱いし、子供の誕生祝いも同じだ。サイモン様自ら来なくても送ればいいのだから。

じゃあ本題は何だろうね。

僕はサイモン様の話の続きを聞く。

「大精霊様方のいる聖域で、ごまかしても無駄であろうから、包み隠さず話すが、実はユグル王国の王妃が、イルマ殿の聖域の屋敷を頻繁に訪れておるとの情報を得ての」

「……そうなんですよね。でも、ミーミル様も嬉しそうですし、ルーミア様もエトワールを可愛がってくれるのはありがたいので、その辺は複雑な気分なんですが」

僕の意見にウンウンと頷くサイモン様。こうして話していると、だんだんとルーミア様が家にいるという異常事態に、僕自身が慣れ始めているようで怖いな。

「まあ、イルマ殿の考えはさておき、聖域の管理者であるイルマ殿と一ヶ国が近づきすぎるのは、バーキラ王国として許容出来んのだ。それに、イルマ殿はボルトンと王都にも拠点を置いておるからの。関係で言えば、我が国が一番であるべきだと思う」

「まあ、そうですよね」

サイモン様の言う事はもっともだと思う。

僕は、ロマリア王国、ユグル王国、サマンドール王国、ノムストル王国とも関係がないわけじゃないけど、拠点を置いて一番長く暮らしているのはバーキラ王国であり、ボルトンだからね。知り合い、友人、お世話になった人達が多いのも、バーキラ王国なんだから。

僕が頷いていると、サイモン様が言う。

「聞くところによると、イルマ殿は文官不足に困っておるとか」

「そうなんですよ。三人文官を雇ったんですが、まだまだ足りなくて」

「それはそうじゃろう。人口はまだ都市レベルじゃが、聖域の交易量を考えれば足りなくて当然じゃ。交易だけでなく街として考えても、文官が少なすぎる」

「以前までは大丈夫だったんですが、流石にもう限界で……」

人の数がそんなに多くない頃は、聖域では貨幣経済が浸透していなかったので、文官がいなくても僕達だけでなんとかなった。

でも、去年の収穫祭で住民にお金を分配し、その後に人も増え、仕事に応じて賃金を支払い始めると、途端にいっぱいいっぱいになったんだよね。

「そこで、儂らで文官となれる人材を探そうと思ったのじゃ。お節介《せっかい》なのは分かっておるが、率直に言うと、聖域との太いパイプが欲しいのだ」

「いや、ありがたいです。出来れば能力重視ではなく、人柄のよさで選んでもらえれば嬉しいですね」

「おお、ならば王都に戻ったら早速動こう。最終的に大精霊様達の選別を潜《くぐ》り抜けなければならんのじゃ。能力重視で選んで、誰も残らなかったじゃ済まんからな。その辺は慎重に篩《ふるい》にかけておこう」

やった。これで文官不足が少しは解消されるかもしれない。

バーキラ王国の紐付《ひもづ》きなんて今さら気にしないよ。冒険者だから自由民だけど、僕はバーキラ王国の国民みたいなものだからね。

◆

タクミとサイモンが文官の相談している頃。

同じ屋敷の庭では、ロザリー、フリージア、ルーミア、エリザベスら女性陣が優雅にお茶を飲んでいた。

ロザリーが言う。

「初めて国外へ旅に出ましたが、その初めてで、このような素晴らしい場所に来てしまいますと、他の場所には行けませんね」

「ロザリー様、ユグル王国も美しい場所はありましてよ。もっとも、聖域の美しさには負けますけど」

ロザリーは、聖域の美しい風景にご機嫌だった。何より、タクミの屋敷の庭から見える精霊の泉越しの精霊樹は圧巻だと感じていた。

「でも、フリージア様が羨ましいわ。目と鼻の先に屋敷を建ててもらったんでしょう?」

「はい。まあ、でも私はここに泊まる事の方が多いんですけどね」

「ほんと、いい加減にしないと、ダンテが可哀想よ」

文字通り、スープの冷めない距離に家を建ててもらったフリージアだが、その生活は家を建ててもらう前と変わっていない。エトワールの側にいたいため、タクミの屋敷で泊まる日数の方が多いのだ。

チクリと指摘したルーミアに、フリージアが返す。

「そう言うルーミア様も、頻繁にここに来るじゃないですか。私の孫なのに……」

「エルフの子は全て私の子であり、孫ですから」

「流石にそれはどうかと……」

争う二人の会話を止めるように、エリザベスがルーミアに尋ねる。

「ル、ルーミア様もユグル王を宿泊施設に一人で残して、大丈夫なのですか？」

「あの人は明日帰るから、見送りくらいはしてあげましょうかしら」

平然と言うルーミア。今度はロザリーがルーミアとエリザベスに尋ねる。

「ルーミア様もエリザベス様も、ここに長期滞在しているようですが、王都に比べてご不便はないのですか？」

「不便なんてねぇ～、エリザベス様」

「はい、ルーミア様」

二人はニコニコと笑って顔を見合わせた。それから、エリザベスが笑みを浮かべてロザリーに答える。

「そうですよ、ロザリー様。流石にドレスを仕立てようと思えば、カエデちゃんとマリアさん達にお願いしないとダメだけど、ここでは煩《わずら》わしいパーティーなんてありませんから」

「肩肘を張る必要のない、リラックス出来るお茶会ぐらいですからね。それに食事は王都の一流レストランで食べる物よりも美味しいですし。これってやっぱり食材が違うんでしょうね。精霊の多いユグル王国の農産物でも敵《かな》わないわ」

「そうですね。小麦一つとっても全然違いますものね」

「調味料もバリエーションが豊富ですもの。時々、うちのシェフがタクミ君の所へ勉強に行ってるわ」

話を聞いているうちに、ロザリーは既に羨ましくなっていた。

国王を支える宰相の正室ともなれば、王都でいくつものパーティーに参加したり、主催したりするのが普通だ。それも宰相夫人として重要な役割なのである。

ただ、必要だとは分かっていても、うんざりとしていた。

だから、ロザリーは思わずこぼしてしまう。

「……煩わしいパーティーがないのは良いですね」

「あら、ロザリー様もですか？」

「ロザリー様もエリザベス様もなのね」

「はい。パーティーに来る人の大半が、ゴマをする人か、足を引っ張りたい人ばかりですもの。特に主人が宰相なんてしていると……」

「「「うんざりですわね」」」

ルーミア、エリザベス、フリージアの三人が顔を見合わせてウンウンと頷く。

ルーミア、エリザベスが続けて言う。

「だからここは最高なのよ。景色は美しいし、精霊達はユグル王国以上に溢れているわ。聖域だから当たり前かもしれないけど、神聖な気が満ちているし、それで食べ物は美味しいし、何よりワインが美味しいのよ」

「そうですね。ワインは絶品です。一度ここのワインを飲んでしまうと、王都で売っているいつものワインが泥水に感じますわね」

「……確かにワインだけじゃなく、他のお酒も美味しかったですわね」

それからロザリーは、聖域の服飾事情について聞かされた。

王都からパペック商会が運んでくるので、服は店舗で購入出来るらしい。住民はそれを買うか、布地を買って自作しているとの事だった。

パーティーで着飾る必要はなくなる一方で、純粋にお洒落《しゃれ》を楽しむ事も可能だという。

伝説級の魔物であるアラクネの糸から織られた布地で作られる服は、王都のどの仕立て屋にも負けない。それに加え、アカネのデザインする服は素晴らしいと、ルーミアとエリザベスの二人はロザリーに力説した。

「私もミーミルが着ているのを見て、私の分も頼みましたの」

「私もお願いしているのよ」

ルーミアとエリザベスもアカネデザイン、カエデ製の服を頼んでいると聞き、ああ、この二人はしばらく帰る気はないのだとロザリーは気付く。

（別荘は……無理かしら）

娘がここに暮らすエリザベスやルーミアと違い、自分がここに居続けるにはどうすればいいのだろうか。

いつの間にか、自然と聖域に移住する気になっているロザリーだった。

28　訓練の再開

サイモン様と文官について話したあと、僕はソフィア達と一緒に地下に来ていた。

ここは、転移ゲートを設置した部屋とは別に、新しく造った広い空間。

体育館ほどの広さに、天井も高い。壁面には強力な結界が張られていて、少々の魔法攻撃にもビクともしない。訓練の際に使用するために造った訓練場だ。

今日は、ソフィア、マリア、マーニが妊娠から出産で鈍《なま》った身体のサビを落とすお手伝いをするべくやって来た。

僕はカエデ、アカネ、レーヴァ、ルルちゃんと訓練を続けていたんだけど、ソフィア達は妊娠が判明してからずっと運動は禁止していたからね。

だけど、エトワール達を産んでしばらく時間も経ち、あくまで僕の護衛にこだわるソフィアが鍛錬を開始したいと言ったんだ。そうなると、マリアとマーニも自分達もとなるわけで、久し振りにフルメンバーでの訓練だった。

僕の手には、練習用の二本の棒が握られている。短い棍《こん》の二本持ちだ。

基本的に僕は、普段アイスブリンガーという槍を主武器としている。乱戦時などにはサブの片手剣を使う事もあるんだけど、今回は対人戦でやりすぎないようにするためと、二本の棍を自在に操る事をテーマにした鍛錬を自分に課している。

対するは、ソフィアとマーニの二人。片手剣の木剣と円盾を装備したソフィア、短剣を両手に持ち、体術と短剣術の併用で闘うマーニだ。

「じゃあ、始めようか」

「「はい！」」

僕は、ダラリと垂らしていた二本の棍を持つ手を青眼《せいがん》に構える。

最初に動いたのはソフィアだった。

「ハッ！」

上段から袈裟懸《けさが》けに振り下ろされる木剣を、僕は円を描くように意識しながら余裕を持って避ける。

直ぐにソフィアの斬り上げる斬撃が襲う。

それを片方の棍で柔らかく捌く。

「フッ！」

ソフィアが踏み込んで、円盾でのシールドバッシュを仕掛ける。僕はバックステップで退がるのではなく、ソフィアの死角側に回避する。

カッ！　カンッ！

そこにマーニが待ち構えていたかのように、短剣の連撃が襲ってくるも、二本の棍で捌く。

さらに、ソフィアとマーニの連携攻撃が僕を襲う。

途中、ソフィアからの魔法が僕を狙うが、僕は最小限の障壁魔法で防ぐ。

数分二対一での戦闘が続いていたが、そこへさらにマリアが訓練用の槍で参加。三対一の模擬戦へと移行していった。

◆

常人の目では追えないほどのスピードで動き回るタクミ達を、呆れた顔でアカネとレーヴァが見ていた。

「……あれで生産職だっていうのは詐欺《さぎ》だと思うのは私だけかしら」

「レーヴァもタクミ様の戦闘能力はおかしいと思うでありますＪ
「え〜、カッコイイじゃないかニャ」

ルルはキラキラした目で四人の模擬戦を見ている。

「ソフィアやマリア達が妊娠から出産までブランクがあるっていっても、三対一ってどうなのよ」

「しかも、タクミ様には一撃も入ってないであります」

仲間の中でレベルが一番高いのは確かにタクミなのだが、実はステータス的にはレベル差以上に能力差があった。

ソフィア達タクミの仲間にも、タクミの劣化版加護的なものがあり、成長ブーストがかかっているのだが、タクミと比べるのは間違いだ。

タクミの身体は、この世界に降り立つ時に、女神ノルンが直々に創った器《うつわ》だ。しかも加護を直接もらっている。レベルアップ時の伸び幅も加護によるブーストが大きかった。

そんなわけで、闘いはステータスだけで決まるのではないが、闘いから長く離れてブランクのあるソフィア達は、タクミのスピードについていけなかった。さらに、戦闘勘が鈍《にぶ》っているソフィア達は、タクミの巧みなフェイントに対応出来ていない。

「まあ、アレはブランクのない私達でも無理ね」

「で、ありますな。ブランクのあるソフィアさん達では、三人がコンビネーションを発揮しても難しいでありますＪ

「見てる場合じゃないわね。私達も頑張りましょう」

「はいであります！」

「はいニャ！」

アカネとレーヴァ、ルルも近接戦闘の模擬戦を始める。

純粋な後衛職のアカネやレーヴァだが、後衛職だからといって近接戦闘を疎《おろそ》かには出来ない。魔力切れになった時、生き残るためには近接戦闘の技術は必須だからだ。

◆

激しく動き回るタクミ達を、結界の外側で呆然と見つめる別の者達がいた。ルーミア、エリザベス、フリージア、ロザリーがお茶会の流れで見学に来たのだ。

「……タクミ君って、あんなに強かったのね」

「……何かを作ってる姿か、書類に埋もれている姿しか印象になかったけど……凄いわね」

「ソフィア……出産のブランクがあってアレなの？　強くなりすぎじゃない？」

「主人からイルマさんは優秀な冒険者でもあるって聞いた事がありますが……どれくらい凄いのか分かりませんわ」

ルーミアは、トリアリア王国とシドニア神皇国の合同軍が未開地へと侵攻し、聖域近くでバーキラ王国・ユグル王国・ロマリア王国の三ヶ国と戦争となり、そこでタクミ達が大活躍したのは聞いていた。しかし目の前で繰り広げられる光景は、そんなルーミアの度肝《どぎも》を抜いた。

エリザベスやロザリーに至っては、タクミ達の攻防に目がついていっていない。ただ凄いとしか分からない。

フリージアは、ソフィアがユグル王国の騎士団員時代、騎士団の中でもその実力で名を馳せていたのを知っている。出産のブランクがある今でさえ、その頃と比べても遥かに強くなっている事を感じていた。そして、そのソフィアを含めた三人がかりで、タクミに有効打が与えられない光景を、信じられない気持ちで見ていた。

その後タクミ達の訓練は、アカネ達を加えて何度もメンバーを入れ替え、みっちり二時間続いた。

訓練が終わったあと、ソフィア達が疲労困憊《ひろうこんぱい》で崩れ落ち、タクミやアカネ達に介抱されるアクシデントはあったが、久し振りの激しい訓練に、心地よい疲労感を覚えていた。

◇

訓練場の地面に座り込み、荒い息を整えているソフィア達三人。

でも、アカネ、レーヴァ、ルルちゃんは訓練を続けていたので、疲れているけどヘタリ込むほどではないね。

「ハァ、ハァ、ハァ、やっぱり身体が鈍《なま》っていますね」

「……ハァ、ハァ、私も身体が重いです」

「ハァ、ハァ、戦闘の勘も鈍《にぶ》っていますね」

ソフィア、マリア、マーニが、予想以上に動けない身体に悔しそうだ。

僕的には、健康な子供達を産んでくれたんだから、体力が落ちるくらい仕方ないと思うんだけどね。

マリアが訓練中気になっていたらしく、息を切らせながら聞いてくる。

「ハァ、ハァ。でも、アカネさん、レーヴァ、ルルちゃんもレベル上がってない？」

それに、ソフィアとマーニも同意する。

「そうですね。それは私も感じました」

「レベルが私と同じで低かったはずのルルちゃんの伸びが大きいと感じます」

二人は自分達が出産のブランクで鈍っているのを差し引いても、アカネ、レーヴァ、ルルちゃんのレベルアップを感じたらしい。

「それはそうよ。ソフィア達が動けない間、タクミと魔大陸《またいりく》のダンジョンに潜ったりしてたもの」

「そうであります。素材の収集も兼ねて、時々行っていたであります」

「そうニャ。ベールクト姉ちゃんとも一緒だったニャ」

ソフィア達の疑問に、アカネ、レーヴァ、ルルちゃんがアッサリと種明かしする。

きっかけは、レーヴァが魔大陸のダンジョン産の素材が欲しいと言い出した事だった。

流石に妊婦とダンジョンには行けないし、ダンジョンに潜っても、日帰りか一泊する程度だったから、ソフィア達は気が付かなかったらしい。

それまで、僕がレーヴァ達と一日いない事なんて普通にあったからね。ボルトンや王都で泊まる事もあったし。

「……もしかすると、タクミ様もレベルが上がってますか？」

「えっ！　タクミ様のレベルが上がってるの！」

「……そんな、高レベルで上がりにくいタクミ様が……」

そう思っても仕方ないかな。普通、レベルが上がれば上がるほど、次のレベルに上がるのが難しくなる。だから、この世界の基準において、トップクラスの高レベルだと言えるソフィアやマリアは、余計に驚いたんだろう。

「いや〜、高難度ダンジョンにも潜ったからね」

「そうね。アキュロスのフラールさんとリュカさんからの依頼も兼ねて行ったわね」

「フラール様とご一緒ですか？」

「ああ、それはねぇ……」

ソフィアからの疑問に、僕は詳しい説明をする。

魔大陸にある僕達の拠点——転移ゲートが設置された場所だけど、有翼人族達に管理を頼んである。

そんなわけで、そこは結界の魔導具や警備ゴーレムで護られているけど、管理する有翼人族やごく僅かな知り合いには結界を通り抜ける許可を与えている。

そのごく僅かな知り合いが、アキュロスのフラール女王とリュカさんだった。

僕とアカネ達が魔大陸で素材集めのダンジョンに潜ろうと拠点へ行った時、偶然訪れたフラール女王とリュカさんに会った。

女王とその側近が二人でふらふら出歩くのもどうかと思うけど、魔大陸にはこちらの常識は通じないからね。

そこで、フラール女王から依頼を受けたんだ。

ダンジョンは放置していると、中の魔物が増えすぎて溢れる事がある。大した事ないダンジョンなら溢れても影響は少ないが、高難度ダンジョンが溢れると、流石の魔大陸でも影響は大きいらしく、時々間引くためのダンジョンアタックが必要なんだとか。

ソフィアが納得したように言う。

「それで、魔物の間引きを引き受けられたのですね」

「うん、そうなんだよ。最初は、フラール女王とリュカさんの二人で低階層だけを間引くつもりだったらしいんだけど、僕達が一緒なら深層まで行けるからってね」

アカネ、レーヴァ、ルルちゃんが当時を思い出しながら口を開く。

「いや〜、あれは久し振りにキツかったわね」

「でも、レーヴァは素材ががっぽりでウハウハでありますよ」

「ルルも強くなれたから良かったニャ」

ソフィアが頷いている。

「……なるほど、確かにルルちゃんには多少の違和感がありましたが、レベルが上がったからだったんですね」

「気付かなくても仕方ないよ、ソフィア。お腹に子供がいると、他人の魔力の状態が分からなくなるもの」

マリアが言うように、自分じゃない存在の魔力を身体の中に抱えていると、魔力察知する感覚が狂うらしい。

「そうすると、私達も日帰りでダンジョンアタックした方がいいですね」

「そうね。春香を長い時間預けるのは嫌だけど」

「それでもたくさんの魔物を狩りたいですね」

ソフィア、マリア、マーニが、魔大陸のダンジョンに行く方向で相談し始めた。

そこへ、アカネが言う。

「丁度いいんじゃない？　子育てのストレス発散にもなるし、一石二鳥《いっせきにちょう》だと思うわよ」

「それもそうだね。室内の訓練よりは良いかもね」

そんなわけで、サイモン様とロザリー夫人、ユグル王が帰った次の日あたりに、魔大陸に遠征する事が決まったのだった。

29　いざ魔大陸へ

宿泊施設の前に、バーキラ王国とユグル王国の馬車が並ぶ。

「ミーミルゥー！　儂らと一緒に帰ろうぅ！」

「嫌です。早く馬車に乗ってください」

「ほらほらあなた、しつこいのは娘に嫌われるわよ」

ミーミル様に見送られ、一緒に帰ろうと駄々をこねるユグル王を、馬車に無理やり乗せるルーミア様。

今回ついに、長く滞在していたルーミア様もユグル王と一緒に国へと戻る事になった。

何故か、サイモン様の奥さん、ロザリー夫人と意気投合していたのが気になるけど……これでうちも通常通りかな。

……いや、エリザベス様がまだいたか。

僕が頭を抱えていると、サイモン様とロザリー夫人が近づいてきた。

「今回は世話になったな。収穫祭は本当に楽しかった」

「楽しんでもらえたのなら良かったです」

「土産《みやげ》のワインもありがたい」

「いえ、僕の方こそ子供のお祝いをたくさんいただいてますから」

お祝いのお返しにワインを多めにしたのは正解だったみたいだね。

「では、文官に関しては、進展があれば王都のイルマ殿の店に報せるようにする」

「ありがとうございます。即戦力の人材は助かります」

サイモン様が文官の派遣を提案してくれたのは、僕にはありがたい話だった。しかも、経験のある即戦力を探してくれると言ってくれたんだよね。

サイモン様に続いて、ロザリー夫人が言う。

「イルマさん、私までお世話になってありがとうございますね」

「ロザリー夫人も楽しんでもらえたのなら僕達も嬉しいですから。またいらしてください」

「ええ、是非そうさせていただくわ」

サイモン様が笑みを浮かべつつ口を開く。

「まあ、ロザリーがここに来る機会はそうないだろうが、その時はよろしく頼む」

「ええ、是非遊びに来てください」

サイモン様とロザリー夫人と別れを済ませ、僕らは二人が聖域の門を出ていくのを見送った。

◇

魔大陸でのダンジョン探索の準備に入る。

今回のテーマは、ソフィア、マリア、マーニの戦闘勘を取り戻す事と、さらにレベルアップを目指す事だ。

と言っても、ソフィアとマリアは、もともとのレベルが高いので、戦闘勘を取り戻すだけで良いかな。二人は僕と長く行動しているので、その差は縮まりつつあるとしても、他メンバーよりもレベルは高いからね。

なお、今回求められるダンジョンは、出来れば高難度で、さらに人型の魔物が多く出現するタイプが望ましい。

レベルアップの事だけを考えれば、例の竜種だらけのダンジョンや、死の森の中心に近い場所の方が効率はいい。

他方、戦う技術の向上だけを求めるなら、巨体で攻撃の単調な竜種より、剣術などの武術を使用してくるオークの上位種やオーガの上位種なんかの人型を相手にする方がいい。

そんなわけで、その二つを実現してくれる理想の場所を探したいという感じなのだ。

なお日数的には、子供達の事を考えて、日帰りか最悪でも一泊くらいで収めたいと思っている。

一泊とはいえ、高難度ダンジョンの探索には油断は出来ないから、十分な準備が必要だ。

「では、レーヴァは皆さんの装備のメンテナンスをするであります」

「僕はポーション類の追加を作っておくよ」

「私とマーニさんでお弁当を作るわね」

「ルルもお手伝いするニャ」

「じゃあ、ソフィアと私は子供達の相手でもしてましょう」

「そうですね。お料理やポーションの作製で、私がお手伝い出来る事はありませんし」

レーヴァは皆んなの装備のメンテナンスに早速工房へと向かった。

僕はポーション類の補充をしよう。まだアイテムボックスの中に入っているけど、たくさんあっても困らないからね。

マリアとマーニにルルちゃんは、数食分のお弁当を作ってくれるみたいだ。ダンジョン内では手軽に食べられる方がありがたい。

アカネはソフィアとエトワール達の世話をして時間を潰すみたいだな。

アカネは予想外って言ったら怒られるかもしれないけど、凄く子供好きで、エトワールや春香、フローラを可愛がってくれている。ミルクをあげたり、抱っこしてあやしたりするだけじゃなく、おむつを替えるのも一切嫌がる事もなく手伝ってくれているのだ。

いつもルルちゃんと二人で、三人の面倒を見てくれて助かっているんだよね。

全ての準備を終え、ジーヴルやメリーベルに家の事を任せ、エトワール達としばしの別れを済ませると、僕達は転移するために地下へ向かった。

今回ダンジョンへ行くのは、僕とソフィア、マリアとマーニ、それと亜空間にはカエデとタイタンが待機している。

僕達四人は、地下の転移ゲートから魔大陸の拠点へと転移した。

僕達を魔大陸の拠点で出迎えたのは、天空島に住む有翼人族の少女ベールクトだった。

「タクミさぁーーまぁーー!!」

ドンッ！

「ウグッ！」

拠点の表に出た瞬間、白い翼を広げて猛スピードで突撃してきたベールクト。

何とか受け止めるも、ベールクトが嬉しそうに抱きついてきて、マシンガンのように話しかけてくる。

「タクミ様！　今日はダンジョンですか？　それとも見廻《みまわ》りですか？　アキュロスに買い物に行くんですか？　またエトワールちゃんや春香ちゃん、フローラちゃんに会いに行きますね！」

「どうどう、落ち着いてベールクト」

ベールクトを落ち着かせ、拠点の警備担当の有翼人族に挨拶してから、拠点に造られた休憩所でマリアとマーニにお茶を淹れてもらい――改めて今日魔大陸に来た理由を話した。

ベールクトが首を傾げて尋ねる。

「ソフィアさんとマリアさん、マーニさんのレベルアップのためですか？　お三人は、十分高レベルで強いんじゃないですか？」

「私達は妊娠から出産まで動けない時期が長かったから、自分でも思ってた以上に錆びついていたの」

「それに、アカネさんやレーヴァとルルちゃんが、私達が動けない間にかなりレベルアップを重ねていたんだ。そんなわけで危機感を覚えたのもあるの」

「なるほど～、納得しました！」

ソフィアとマリアの説明に、ウンウンと首を縦に振るベールクト。そしておもむろに僕を見てくる。

「タクミ様！　タクミ様！　私も一緒に行ってもいいですよね！」

「う、うん。まあ、ベールクトなら大丈夫かな」

「ヤッタァー!!」

ベールクトとは時々、魔大陸のダンジョン探索や、拠点周辺の魔物を間引くのを一緒にやっていたからね。それに、結晶化した竜の牙から造ったガンランスロッドをプレゼントしてあるし。

そんなベールクトを加えて最初に向かおうと思ったのは、アキュロスだ。ダンジョンの情報収集をするために行こうと思ってたんだけど、僕達が拠点の休憩所を出たところで、アキュロスへ行く必要はなくなった。

「おお！　イルマ殿ではないか！　今日もダンジョンか？　なら、我らも同行しようぞ！」

「もう、フラール様、イルマ殿がお困りです。イルマ殿、お子様のお誕生おめでとうございます」

そう、ふらりとフラール女王とリュカさんが拠点に顔を出したのだ。

「フラール女王、リュカさん、久し振り……でもないのかな。今日は何かご用ですか？」

「うむ、ここのところ政務で忙しかったからな。溜まったストレスの発散と、間引きを兼ねてダンジョンの探索に行こうと思ってな」

「私はお止めしたんですけとね。それで止まるような方は、魔大陸では王になりませんから。ハァ、それでともかく、ひょっとするとベールクト殿がいればご一緒に……と来てみたのです」

「あれ？　ベールクトとダンジョンですか？」

いつの間にそこまで仲良くなったんだろ。何度かフラール女王とリュカさんとダンジョンに潜った時、ベールクトを連れていったけど。

「うむ。以前、ダンジョンに向かう前に、ここでお茶でもと思い立ち寄った時に、ベールクト殿と偶然会ってな。意気投合して、それからたびたび一緒にダンジョンへ行っていたのだ」

「ベールクト殿は、実力的にも申し分ないのは言うまでもありませんが、それ以外にも前衛から中衛、さらに後衛までこなせますから。私が前衛、フラール様が中衛と前衛、ベールクト殿に遊撃を任せますと、ダンジョン探索がグッと安定するんです」

「なるほど、実力的に足を引っ張る心配はないですね」

ベールクトに対するフラール女王とリュカさんの高評価に、僕も嬉しくなって同意すると、ベールクトが照れているのか、バンバンと僕の背中を叩いている。

「それで今日は？」

「ああ、それなんですが……」

フラール女王に尋ねられたので、今回のダンジョン探索の目的と、それに該当するダンジョンがないか、アキュロスで情報収集するつもりだったと話す。

「何だ、そんな事か。それなら我らに任せろ」

「そうですね。人型のみとはいきませんが、ご要望に近いダンジョンが、比較的近い場所にありますよ」

「案内していただいていいですか？」

厚かましてくもお願いしてみると、二人は快く頷いてくれる。

「勿論だ。丁度しばらく潜っていないダンジョンだ。間引きに行こうか」

「そうですね。それに人型以外にも下位の竜種も出現しますから、素材も集めれますからね」

「じゃあ案内をお願いします」

「うむ、任されよ」

フラール女王が胸を張りドンッと胸を叩くと、ブルンッと巨大なメロンが揺れ、僕は思わず視線を外す。

種族の文化だから仕方ないんだろうけど、フラール女王の衣装が扇情的《せんじょうてき》なのは慣れないよ。

30 ダンジョン探索

フラール女王とリュカさんのオススメのダンジョンへは、空から向かう事にした。

日帰りか長くても一泊の予定なので、徒歩では時間がかかってしまうんだよね。そんなわけで、久し振りに飛空艇《ひくうてい》ウラノスを出す。

リュカさんの指示で、目的のダンジョンへと空の旅だ。

フラール女王が、円窓から外を見てはしゃいでいる。

うちのメンバーは勿論、ベールクトもウラノスには乗った事があるので、初めて乗るフラール女王を微笑ましく見ていた。

「アッ、この辺りです、イルマ様」

「了解です」

リュカさんの指示する場所に降下して、ウラノスを着陸させる。

ウラノスから降りた僕は、アイテムボックスにウラノスを収納した。それから、それぞれ身に着けた装備のチェックをしたあと、フラール女王とリュカさんの先導でダンジョンへと足を踏み入れた。

◇

大きめの洞窟に古代遺跡のような石造りの門がある。

その門をくぐると、異界に入った事が肌で分かった。通常の空間と、異界化したダンジョンの中では、その境目を通り抜ける時に僅かに違和感があるんだ。

僕はリュカさんに尋ねる。

「ここのダンジョンのタイプは？」

「オーソドックスな、地下へと階層を下りるダンジョンです。ただ、フィールドのタイプのフロアで、洞窟、草原、森林の三タイプあります。洞窟タイプにしても、大型の魔物が出現するからか、通路や小部屋も広い傾向にありますね」

「へぇ〜。因みに最下層はどうなっているか、分かっているんですか？」

「最下層は五十階層ですね。十階層ごとにボス部屋があります」

僕とリュカさんと話している間も、エンカウントする魔物はソフィア、マリア、マーニとベールクトが蹴散らしていく。

僕、フラール女王、リュカさんは、後方の警戒と撃ち漏らしの始末担当なんだけど、今のところ手を出す機会もない。

カエデは一応、先頭で魔物の索敵とソフィア達のフォローをする役割だが、今は魔物の数と位置をソフィア達に報せているだけ。タイタンも最後方で付いてきているだけで仕事はなさそうだね。

「下層まで最短距離で行くぞ」

「ええ、少し急ぎましょうか」

フラール女王とリュカさんは、このダンジョンのマップを持っているので、下層に向かう最短ルートが分かるようだ。

今回は、ダンジョンに何日も潜るわけじゃないので、出来るだけ一気に下層まで行こうと話し合って決めていたのだ。


薄暗いダンジョンの中を、速いスピードで進む。

先頭を駆けるカエデが敵の接近を報せる。

「右の道からコボルトソルジャーの群れ、六匹だよー!」

それを聞いたソフィア、マリア、マーニが駆け出す。コボルトソルジャーは、コボルトの上位種で、ナイト、ジェネラル、ロードと進化していく個体だ。

「マリアは右！　マーニは左をお願い！　ベールクトは遊撃！」

「「「はい！」」」

ソフィアが片手剣とラウンドシールドを装着、短剣を装備した先頭のコボルトソルジャーを一太刀で斬り捨てる。

マリアは爆炎槍《エクスプロード》を繰り出し、コボルトソルジャーの喉を一突き、頸を切り裂き仕留める。

マーニは短剣を両手に持ち、一気に間合いを詰めると、喉や首を切り裂いた。

広めの通路を抜けてこようとする一匹のコボルトソルジャーに、ベールクトがガンランスロッドを繰り出した。結晶化した竜の牙を加工して造られた槍は、一撃でコボルトソルジャーの頭部を粉砕する。

六匹のコボルトソルジャーは、まともな戦闘をする事がなく、僅かな時間で葬《ほうむ》られた。

「流石、イルマ殿の奥方達だ。上層の魔物など敵ではないな」

「そうですね。上層は魔石だけ回収して下層に急ぎましょう」

皆んなが倒したコボルトソルジャーの魔石の回収を、僕とリュカさんも手伝う。その間、カエデ、タイタン、フラール女王に周囲の警戒をしてもらった。

「よし、先を急ごう」

次の階層への階段目指して移動する。

フラール女王とリュカさんの情報では、中層の途中から罠《わな》が出現し始めるらしい。という事は上層を進むぶんには罠の心配はないわけで、魔物だけに警戒をすればいいので楽だ。

上層には、コボルト種、ゴブリン種、オーク種、オーガ種が棲息している。とはいえ、どの魔物も一段か二段階進化した種が出没する。

下層に入ると、ボス部屋ではキングやロードが出現する事が分かっている。竜種は下層に出没すると、フラール女王が教えてくれた。

「せっかく来たのだから、出来れば竜種の魔石と肉を手に入れたいな」

「そうですね。イルマ殿と一緒ならば持ち帰る量を気にする必要もありませんし」

「ええ、アキュロスまで送りますよ」

フラール女王とリュカさん二人では、持ち帰る素材の量も知れているので、そのくらいの事はさせてもらう。フラール女王達の持っているマップがなければ、こんなペースで探索出来なかったからね。

そんな感じで、僕達は超ハイペースで上層を駆け抜けていった。

◇

ダンジョンの中層、草原フィールド。

ここには大規模なオークの集落があるらしい。

ダンジョンの中に集落って、変な感じもするけど、ダンジョン自体が僕の理解の外なので、その辺を考えても仕方ない。

「オークキングがいるよ。全部で二百くらいかな」

「そうだね。でもただのオークが一匹もいないね」

僕達の中で、一番索敵に優れたカエデが集落の規模を教えてくれる。

「ここのダンジョンでは、最低でもソルジャー、アーチャー、メイジなどの一段階進化した個体ですから」

「オークは肉が美味しいから狩るだろう、イルマ殿」

「はい。今回のダンジョンアタックは、ソフィア達の戦闘勘を取り戻すのとレベルアップが目的ですから。大規模な集落なら積極的に潰します」

「フラール様は、オークキングの肉が好きですからね」

「リュカも好物ではないか」

草原で気配を消して集落を見ながら、リュカさんやフラール女王と話す。

何故かは知らないけど、食べられる魔物は上位種になるほど美味しい傾向にある。オークもそれに当てはまり、フラール女王達も好物らしい。

オークの集落を見つけた瞬間から、目の色が違うのはそのせいみたいだ。

「ここは皆んなで魔法攻撃といこうか」

「大魔法はやめてね。イルマ殿やソフィアが本気で魔法を放ったら、それだけで更地になっちゃうから」

僕達が魔物の集落を潰す時に使う手で行こうと提案すると、フラール女王からあまり大きな魔法はやめてくれと言われた。

確かに僕やソフィア、あとマリアが本気の魔法を放てば、それで終わっちゃうと思う。そこに今日は、フラール女王とガンランスロッドを装備したベールクトもいるからね。それこそ更地になるだろう。

「じゃあ始めるよ……放て！」

僕の号令で、カエデとタイタン、マーニを除いた全員がそれぞれ魔法を放つ。

着弾と共に集落が、炎や風の刃、氷の弾丸、雷撃にさらされる。

たちまちオークの集落はパニックに陥った。

「背後に回るねー！」

「先に行きます！」

僕達が魔法を放ったタイミングで、カエデが討ち漏らしを防ぐために、後方へと回り込もうと飛び出した。

同時にマーニが短剣を両手に駆け出す。

「マスター、ワタシハ、ミギヲ」

タイタンも背中の魔力ジェット推進器を吹かして突撃する。

「私はマーニさんのフォローをします！　フラール様をお願いします！」

リュカさんがマーニのあとを追う。

「もう、リュカったら、自分が暴れたいだけじゃないの」

「は、ははっ、僕達も行きましょう」

フラール女王も近接戦闘を仕掛けるらしく、片手剣を手に駆け出した。

「タクミ様、私とマリアは左から殲滅《せんめつ》します」

「行きまーーす！」

ソフィアとマリアが、左側から回り込むように駆け出した。僕は、フラール女王をサポートするため、彼女のあとを追う。

アキュロス最強だから大丈夫だろうけど、一応女王様だからね。

通常のオークよりも一回り巨体のオークソルジャーの周りを、マーニが駆け抜けた。そのたび、オークの悲鳴と断末魔《だんまつま》の叫び声が上がる。

オークソルジャーは、セクシーなマーニを見て興奮状態だ。

マーニは、オークソルジャーの筋肉で短剣が抜けなくなるのを防ぐため、首や喉だけを切り裂き、ひと時も止まらず駆け抜ける。

そんなマーニとは対照的に、リュカさんの戦い方は鬼人族らしいものだった。

GOOON!!


オークソルジャーの巨体をものともせず、拳を振り抜き倒していく。

その拳には、僕がプレゼントした籠手《こて》が装備されているんだけど、リュカさんは籠手に気と魔力を込めて闘っているのだ。

ソフィアとマリアが、連携してオーク達をもの凄いペースで倒していく。二人は一番長く一緒にいるだけあって、その連携もバツグンだ。

右サイドからタイタンが集落へと襲いかかる。

オークソルジャーよりも巨体を誇るタイタンの、巨大なアダマンタイト合金の拳がオーク達を叩き潰している。

後方でも突然オークの頸が飛んでいるのは、カエデの仕業だろう。

僕はフラール女王が華麗な剣さばきでオークを斃すのを視界の端に入れながら、オークアーチャーやオークメイジを斃《たお》していく。

飛び道具を使う敵は最優先で斃す。

今回、僕は体術メインで闘っている。

ドムッ！

「ヴゥフォォォオーー！」

オークアーチャーの胸に掌底《しょうてい》を打ち込むと、その一撃でオークアーチャーの心臓が破裂する。

掌底による衝撃に加え「氣《き》」と魔力の波動によって内部破壊を目的とした戦い方。これは錬金術を併用して闘う事を念頭においた訓練でもあった。

二百を超えるオークの集落は、そのボスであるオークキングを、ソフィア、マリア、マーニの三人により斃され、僅かな時間で殲滅された。

オークキングとはいえ上層だからなのか、ソフィア達によって瞬殺されてたね。

さて、僕は回収しようかな。

◇

超ハイペースなダンジョンの探索も中層に入った。

魔物がほとんど出没しないセーフスペースで休憩とお昼ご飯にする。

お昼を食べて休憩していると、フラール女王が聞いてきた。

「それでどの辺りまで行くの？」

「どうしようか。日帰りか、一泊で考えてたんだけど……このハイペースで進んでも、日帰りじゃあ、あと四、五時間ってところか」

超の付くハイペースで、下へ下へと階層を進んできたけど、やっと中層だ。このペースじゃ下層での訓練とレベルアップが満足に出来ない。

「エトワール達には、母上やメリーベル達もいます。一泊くらいは心配ないと思いますよ」

「そうですよ。春香もエリザベス様やシャルロット達にも懐いていますし」

「そうですね。フローラは夜泣きもしないですから」

僕が子供達の事を気にしているのは、ソフィア、マリア、マーニにはバレバレだった。

「そっか。なら一泊して下層でガッツリ経験値を稼ぐか」

「「はい」」

母は強しだな。結局一泊する事になった。でも、フラール女王は一日戻らなくても大丈夫なんだろうか。

「フラール様はいいんですか？」

「ご心配いただきありがとうございます。ですが、大丈夫ですよ」

念のため、フラール女王に聞いたんだけど、リュカさんがまったく問題ないと言う。

「えっと、でも女王ですよ」

「はい。魔大陸にある国の王などそんなものです」

リュカさんの話を聞いて、魔大陸の国の王を思い浮かべる。

「……ああ、フラール様はまだマシですね」

「はい。他の王達は、好き勝手にフラフラしてますから」

そうだ。特に獣王達なんてガチガチの脳筋だもんな。

話し合いの結果、フラール女王とリュカさん的にも下層の素材の方がありがたいという事もあり、中層も駆け抜ける事になった。


そして、たどり着いた三十階層のボス部屋前。大きな扉の前で、リュカさんからボスの情報を聞く。

「ここのボスは、コボルトロードです」

「コボルトロードですか……大きいですね。もうコボルトって呼べないくらい」

扉を少し開けて覗いてみると、広い部屋の一番奥に、体長三メートルを超えるコボルトロードが仁王立《におうだ》ちしていた。

「はい。それに加え、部屋の中に入ると、眷属のコボルトソルジャー、アーチャー、メイジやナイトにジェネラルを召喚します」

「召喚する数はどうですか？」

普通のコボルトの大きさは、人間よりも少し小さいくらい。ソルジャー、アーチャー、メイジは人間と変わらない大きさになる。

だが、ナイトになると二メートルを超え、ジェネラルでも二メートル半、ロードにもなると三メートルを超える体長になる。広い部屋だけど、ソルジャーならまだしもナイトやジェネラルが多数出てくると威圧感が凄いだろうな。

「種類はその時々で様々ですが、総数で五十体ほどです」

「五十か……三十階層で時間をかけるのも嫌だな。全力で殲滅するか」

「そうね。さっきのオークの集落と同じで、扉を開けた瞬間に魔法を撃ち込んで、そのまま突撃でいいんじゃない？」

「では、私はフラール様のサポートに回ります」

「では、それでいきましょう」

フラール女王がオークの集落を潰した方法で行こうと言い、リュカさんは乱戦になるだろうから、後衛のフラール女王の護衛をすると言う。

ソフィアとマリアが武器を取り出し、魔法の準備に入り、ベールクトもガンランスロッドを構えて法撃《ほうげき》の準備をする。マーニとカエデとタイタンもいつでも突撃出来るよう身構える。

「いつでもいいわ！」

「では開けます！」

フラール女王のその両手に魔力が集まり始め、いつでもいけるとの声に、僕は扉を開ける。

◇

扉が全開になり、僕達が部屋の中に侵入すると、部屋の奥で仁王立ちしていたコボルトロードが咆哮《ほうこう》を上げる。

グウオオォォォォーーーーー!!

部屋の中央に巨大な魔法陣が出現し、そこから革鎧に片手剣や斧を装備したコボルトソルジャー、短弓を持つコボルトアーチャー、木の杖に魔法使いのローブみたいな物を装備したコボルトメイジ、金属鎧に盾と片手剣を装備するコボルトナイト、重厚な全身鎧に巨大なハルバートを持つコボルトジェネラルが現れた。
そこに僕達の魔法攻撃の飽和攻撃が襲う。

ドガガガガァァーーン!!

多くのコボルトが断末魔の叫びを上げるが、魔法障壁を張る事が間に合ったメイジやその周辺のソルジャーやナイトは仕留められなかった。他にも傷ついてはいるが、ナイトやジェネラルはまだ戦えるようだ。

ダンジョンの部屋の中で、強すぎる魔法を使うと、いくら頑丈なダンジョンの壁でも崩落しかねないので、威力を抑えたのが災《わざわ》いしたかな。

魔法の影響が収まる前に、マーニ、カエデ、タイタンがコボルトの群れに突撃する。

魔法を撃ち終えた僕達も遅れる事のないよう、乱戦へと飛び込んだ。

一瞬のうちにコボルトナイトの懐に入ると、その胸に掌底を放つ。

「分解！」

浸透勁《しんとうけい》と錬金術の分解を組み合わせた体術。

浸透勁の練習を通じて、分解による内部破壊がしやすくなったんだよね。浸透勁の技と分解は相性が良かったのか、その威力は絶大で、魔物の持つあらゆる耐性や障壁を無視して致命的なダメージを与える。

ドンッ！

「分解！」

次のコボルトナイトへ鎧の上から掌底を打ち込み、「分解」を発動させる。

魔物も上位種になると、外から「分解」で斃すのも難度が高くなる。今までは大量の魔力でゴリ押しして分解を発動させていたけど、物理的な力による振動と氣と魔力を波動にして用いる浸透勁もどきは、僕が想定していた以上の効果を発揮した。

コボルトとの戦闘は、色んな意味で良い訓練になる。

コボルトはもともと群れで獲物を狩る習性がある。だからただのコボルトでも連携した行動を取ってくる。

それがコボルトソルジャーやアーチャー、メイジやナイトになると、それぞれの特徴を活かした行動を取るし、ナイトやジェネラルなどがいると、群れを統率して襲いかかる。さらに、ナイトやジェネラルなどは、武器を扱うスキルもそれなりに高い。

そんなわけで、ソフィア、マリア、マーニが対人戦の勘を取り戻すのにうってつけなんだ。

それは僕にも当てはまり、浸透勁を含む体術と錬金術の「分解」を組み合わせて戦う訓練にもってこいだった。

そして何故か、僕の直感が告げていた。

力をつけろと……

技を磨けと……

近い将来、その力が必要になるとでも言うように……

(うちのメイドやシャルロット達にもパワーレベリングをやってもらった方がいいかもしれないな)

レベルが上がっただけで強くなるわけじゃないけど、それは確実に危険から護ってくれる。逃げるにしても、抵抗するにしても、レベルが高いに越した事はない。

僕は、出来るだけ皆んなが動きやすいよう、群れを分断するようにコボルト達を葬っていく。

それを受けて、ソフィアは装備を片手剣から暴風槍《テンペスト》に持ち替え、振り回し始める。

マリアの繰り出す爆炎槍《エクスプロード》の炎が周囲にいるコボルトソルジャーやアーチャーを焼き、ソフィアの暴風槍《テンペスト》が振るわれるたび、風の刃が吹き荒れる。

ドゴッ！　グシャ!!

アダマンタイト合金の巨大な拳が高速で飛翔し、コボルトナイトの頭部を粉砕する。

タイタンのロケットパンチも進化しているのだ。

その拳の中に魔晶石を増設し、拳を撃ち出すだけじゃなく、拳自体に推進力を持たせた。お陰で付与魔法で強化された大重量の魔法金属の塊が、さらに高速で敵を粉砕する事になる。

カエデもソフィア達の周辺の魔物を適度に間引いて戦場をコントロールしている。

「ヤァー！」

気合とともに煌めく穂先が軌跡を描く。

ベールクトもその槍捌きに磨きをかけていた。

その軽い体重をスピードで補い、背の白い翼で戦場を自在に飛翔する。コボルトナイトの金属鎧を、ベールクトの持つガンランスロッドがいとも簡単に突き破った。

結晶化した竜の牙は、その高い硬度と靭性《じんせい》で、アダマンタイト合金製でもなければ飴《あめ》のように突き破る。そのアダマンタイト合金でも、魔力を多めに流す事で突き刺す事が可能だろう。

フラール女王は魔法と片手剣での剣術で、危なげなくコボルト達を斃している。

リュカさんも、体格で負けているコボルトソルジャーやナイトをものともせず拳を振るっている。

戦場全体を俯瞰して注意しながら、コボルトの群れを殲滅していく。


グウオオォォォォーーーー!!


そして聞こえてきたのは、コボルトロードの咆哮ではなく断末魔の悲鳴だった。

部屋の奥にたどり着いた、ソフィア、マリア、マーニの三人が連携してコボルトロードを葬るのに、さほど時間はかからなかったみたいだ。

◇

素材の回収を済ませ、少し休憩してから下層へと移動を再開する。

今回の戦いで、マーニに新しい武器を渡した方がいいかもしれないと思った。

今の短剣もなかなかの業物《わざもの》だと自負しているけど、ソフィアの暴風槍《テンペスト》やマリアの爆炎槍《エクスプロード》と比べると、どうしても見劣りしてしまう。

単純に槍と短剣の違いによる差も大きいとは思うけど、マーニは魔法を使った戦闘スタイルじゃないだけに、余計に切り札となる攻撃力が欲しい。

ダンジョンから帰ったら色々考えてみよう。

この際、パーティーメンバーの装備の強化を図ってもいいかもしれない。


三十五階層のセーフティーゾーンで一泊した僕達は、下層の魔物を間引きながら四十二階層へと下りてきた。

「一旦部屋の外に出て待てばいいんですね？」

「そうだな。あとはリポップするのを待つだけだ。ここのリポップ時間はどうだったリュカ？」

「六十分です、フラール様」

「なら、待ってる間に、さっきのアンデッド部屋を討伐しましょう」

四十二階層の魔物をあらかた討伐し終えた僕達は、リザードマンナイトやリザードマンジェネラル、オークジェネラルやオークキングなどが十体くらいの群れで現れる大きめの部屋の中にいた。

今、一回目の殲滅を終えたところで、フラール女王から魔物がリポップする時間を聞いたというわけだ。

フラール女王の言う「アンデッド部屋」とは、スケルトンナイトやスケルトンジェネラル、デュハランやレイス、レッサーリッチの出現する部屋だ。

フラール女王やリュカさん曰く、奴らからドロップする武器や防具がアキュロスや他の魔大陸の国にとっては貴重なんだとか。

僕達にしたら、少し上等な武具くらいの認識だけど、確かにそれを国の軍が使う数買うとなると大変そうだ。

そらにアンデッド相手なら、僕達はそう苦労しない。

僕が最初に部屋全体に「浄化」魔法をかけると、それだけでレイスなどの実体のない魔物は消滅するからね。「浄化」は光属性なので、他のスケルトンナイトやジェネラル、デュハランやレッサーリッチにも多少のダメージがある。レッサーじゃないリッチが相手だったら、サンクチュアリィフィールドくらいじゃないと効かないけど。

あとは皆んなの武器や防具に光属性を付与すれば、ダメージも大きく、楽な部類の戦いになるんだ。まあ、ソフィアの持つ聖剣アマテラスなら光属性の付与も必要なく、アンデッドには絶大な特効があるけどね。


それから僕達は、二つの部屋を交互に攻略する事を繰り返す。

地面が揺れるほどの「震脚《しんきゃく》」で踏み込むと、その下半身から発生した力を螺旋《らせん》の力で増幅し、肘に氣を纏い、僕よりも遥かに巨体のリザードマンジェネラルの胴体に打ちつける。

ドゴォォォォーーン!!

直接的な物理的攻撃力と浸透勁による内部破壊、そこに「分解」を併せて放つ一撃は、金属製の胴鎧の防御をないものと同じにする。

ただでさえその身体を覆うウロコにより防御力が高いリザードマン系で、さらに鎧を着けた上位種を相手にするのは、僕にとって最高の練習になった。

ソフィアやマリアも危なげなく魔物を斃している。

錆びついていた感覚は戻ったようだね。

マーニがやっぱり武器の威力不足で苦労しているみたいだけど、竜種やトロールなんかを相手するのに比べれば、無難《ぶなん》に対処していると言えるだろう。

その武器の射程故、超近接戦闘を強いられるのが、僕としては心配ではあるが、これは聖域に戻ってからゆっくり考えよう。攻防含めて新調するのは決定だ。

しかし、ベールクトが高難度ダンジョンの下層でも通用している事に少し驚いている。

カエデやタイタンがサポートしているし、ベールクトにあげた武器の性能もあるだろうけど、それを除いても十分だと言える。

暴風槍《テンペスト》の穂先が風の魔力を纏う。暴風槍《テンペスト》が描く幾条かの輝線がリザードマンジェネラルへと煌めいた。

一拍のあと、断末魔の悲鳴を遺す事すらなく、体長四メートルを超え、全身に金属製の甲冑《かっちゅう》を着込んだリザードマンジェネラルが、バラバラになり地面へと落ちる音が、全ての魔物が殲滅され、シンと静まりかえったその場に聞こえた。

ヒュンヒュンと暴風槍《テンペスト》を振り回し、ピタリと脇構えで止め残心《ざんしん》。そして構えを解き振り返るソフィアの表情は満足げだった。

今回のダンジョンアタックで、体の錆は落とせたのだろう。マリアやマーニも含め、レベルもいくつか上がっているみたいだ。

「お疲れ様、ソフィア。勘は取り戻せたみたいだね」

「ありがとうございます、タクミ様」

「じゃあ回収する物を回収して帰ろうか」

「はい」

流石に何日もエトワール達と母親を離れ離れにしたくないしね。

四十階層の転移魔法陣から地上へと帰還する。

このダンジョンには、二十階層から下、十階層毎に帰還の魔法陣があるから帰りが助かる。中には何十階層もあるダンジョンでも、帰還の魔法陣がないダンジョンもあるらしく、そんなダンジョンでは一度潜ると長期間潜りっぱなしらしい。

リュカさんに言わせると、このダンジョンも下層まで行って、一泊二日なんて狂気の沙汰《さた》らしいけどね。

ダンジョンでのドロップアイテムは、フラール女王側に武具と大量のオーク肉と魔石を渡す事になり、僕がアキュロスにある王城の倉庫まで運んだ。

ベールクトには、オーク肉と途中狩った竜種の肉と骨、トロールの皮と魔石を渡し、僕達は少しのオーク肉と竜種の肉、あとは残った大量の魔石をもらった。

魔石はいくらあっても使い道に困らないからね。

さあ、子供達のもとに帰ろう。

31　マーニの装備を新調しよう

一泊二日のダンジョンアタックから戻り、エトワール、春香、フローラを存分に可愛がった僕は、ダンジョンで感じた、マーニの攻撃力不足や防御力強化という問題について改めて考えてみる事にした。

よほどの強敵を相手にするのでもなければ、今のままでも十分だと思うんだけど……マーニ自身が納得していないみたいなんだよね。手札を増やしたい気持ちは前からあったというし。

マーニはもともと普通の農民だったたし、兎人族自体が戦闘に向く種族とは言いにくいだけに、無理する必要はないとは思うけれど、本人の希望なら叶えてあげたい。

そんなわけで、ダンジョンから戻った次の日、僕は工房でマーニとレーヴァの三人で、マーニの新しい装備について話していた。

「確かに短剣やナイフは、頸筋や手首を切るのが戦いでのセオリーですから、フルプレートの上位種を相手では、鎧の隙間を狙わないといけません。ソフィアさんやマリアさんに比べると攻撃力に難はありますね。まあ、暗殺には向く武器ではありますが」

「そうでありますな。タクミ様の打った短剣なら、込める魔力次第でミスリル合金製の甲冑でも切り裂くでしょうが……」

「私は獣人族ですから。レーヴァさんのように、獣人族の中でも魔法に適性のある種族ならまだしも……」

今、マーニが使っている短剣も、魔力を纏わせれば、レーヴァが言ったようにミスリル合金製の甲冑でも切り裂くだろう。だけどマーニは戦闘時、全身に魔力を纏い強化する以外に武器に多く纏わせると、魔力消費的に無理がある。

今でこそレベルがかなり上がったので、身体強化程度なら魔力切れを起こす事はないが、武器が多く魔力を喰うと長期戦がきつくなる。

「短剣はそのままに、違う武器も試してみる？」

「違う武器ですか？」

「うん。武器の換装は、ソフィアを見れば分かると思うけど、なかなかに便利だよ」

ソフィアをはじめ、うちのパーティーメンバーには、アクセサリー型のマジックバッグを渡してあるので、戦闘中の武器の換装は訓練は必要だけど可能だ。

「そうなると……長物でありますか？」

「長柄武器もアリだと思うよ」

「…………」

レーヴァの長柄武器はどうか？　との意見にマーニが考え込む。

僕をはじめ、ソフィアやマリアも槍を使うし、レーヴァも棍を使う。長柄武器は、間合いが長いだけで武器になる。悪い選択肢ではないと思う。

「……長物を扱うイメージが持てません」

「そっか。じゃあ違う方向で考えてみようか」

「でありますな。もともとマーニさんは、体術と短剣術を組み合わせて戦うスタイルであります。長物と体術を組み合わせるのは、かなり練習が必要かもしれないでありますな」

「申し訳ございません」

「謝る必要はないよ。僕は色々造るのが好きだからね」

「そうであります。レーヴァもモノを造るのが楽しいでありますから」

長物を使うのを躊躇し謝るマーニに、僕とレーヴァが慌てて大丈夫だとフォローする。

実際、僕やレーヴァは、何を作ろうかと考えている時間や、色々と試作するのが好きなんだ。

「方向性として、まずは破壊力を目指してみようか」

「長物じゃなくて破壊力……斧とかでありますか？」

「斧……か、良いかもしれないね。あまり長くないとなると、メイスなんかも当てはまるけど、打撃武器だからね」

手斧の二本持ちはアリかもしれない。レベルが上がって、ステータスが高い今のマーニなら、多少重い手斧でも二本持ちで使えるだろう。

「じゃあ斧系の武器を何種類か造ってみるであります」

「そうだね。僕とレーヴァでそれぞれ造ってみて、もう一度話し合おうか」

とりあえず、武器に関しては手斧か、それに類するモノでいこうと決まった。そうなると次は、マーニの防具だ。今のマーニの防具は、僕達の防具と同様のモノなんだけど、体術の割合が高いマーニだから、少し変更した方がいいかもしれない。

それは最近、錬金術の「分解」を併用した体術を多用するようになった僕にも当てはまる。

「マーニの防具に関しては、僕の分と一緒に少し考えてみるよ」

「籠手や脚甲でありますか？」

「うん、そうだね。体術に邪魔にならなくて、さらに敵の攻撃を捌ける工夫を考えてみるよ」

そこで一旦解散して、僕とレーヴァはそのまま工房で武器と防具の構想に入る事になった。

僕とレーヴァは工房の机に向かい、それぞれ紙にアイデアを描き出していく。

マーニの戦闘スタイルをイメージし、獣人族の種族特性である少ない魔力量をカバーするシステムも同時に考えていく。

頭の中で在庫の素材を思い浮かべ、足りない物はないか考えながら、思いつく斧のデザインを描き殴る。

僕も自分用に、何か造ろうかな。

ひとまずマーニ用に考えたのは、波打つ斧刃のクレセントアックスの手斧バージョンなのかな。

それと、片刃の斧で、刃の反対側と柄の先端にピックのあるバトルアックス。短いハルバードって感じか。いや斧刃の大きさがハルバードっぽくないか。

斧刃の形状もいくつものバリエーションをデザインしていく。

これはマーニの好みだとか、使い勝手があるからね。

持ち手の柄の形状も工夫して、スタイリッシュさと扱いやすさを追求する。

僕がカリカリとデザインを詰めていると、レーヴァが一枚の紙を僕に見せる。

「斧とは言えないかもしれないでありますが、こんなのも面白いであります」

「おっ、レーヴァ凄くカッコいいよ」

「へへ～、そうでありますか？」

レーヴァがスケッチした物を見せてもらうと、そこには斧とはかけ離れた、不思議な武器が描かれていた。

持ち手の付いたギロチンのような斧刃と、それが鎖で繋がれている。その鎖の反対側には、こちらも柄のない少し小ぶりの斧刃が付いている。レーヴァ曰く、この大小の斧刃を投擲《とうてき》しても使えるらしい。

「面白いじゃないか。何か悔しいな」

「ふっふーん。タクミ様にそう言ってもらえると嬉しいであります」

僕は斧と言われると、オーソドックスな斧をデザインしてしまった。レーヴァのアイデアに少し嫉妬してしまったよ。

「よし！　僕もユニークな武器を考えるぞ！」

「おお！　負けないでありますよ！」

一応、レーヴァの師匠なんだ。負けていられない。レーヴァもますますやる気だ。

「……私が使うんですよね」

たまたま僕らの作業を覗きに来たマーニが少し呆れた表情をしている気がするけど、多分気のせいだ。そう思おう。

よし、破壊力に特化してみよう。

武器の重量で攻撃力を稼ぐとしても、マーニの戦闘スタイルを考えて、長柄武器は除外だし、大剣もなしかな。

なら分厚い身幅と広い刃幅、刃長が60センチくらいの刀身を柄で二本繋ごうか。

形を普通の両刃の剣じゃなく、三日月状に反りをつけるか。

柄の前面部分も刃を繋げて一枚の刃にしようかな。それとも分割して二本の武器としても使えるようにしようかな。

思いつくまま、何枚もマーニ用武器のデザインをスケッチしていく。

こうして色々考える時間が楽しいよね。

レーヴァは、内刃のハルパーに似た武器をスケッチしている。

破壊力でいえば短剣以上、斧未満くらいの感じかな。当初のコンセプトからは外れているけど、面白そうだからいいか。

でもハルパーなんてマニアックな武器を、レーヴァも楽しそうだな。

それから僕とレーヴァは、武器だけにとどまらず、マーニの防具やアクセサリーまで考え始める。

「マーニさんの防御力強化を図るであります」

「そうだね。ソフィアは左腕にラウンドシールドを装備しているし、盾術も熟練の域だけど、マーニとあとマリアやレーヴァの防御力が向上してくれた方が僕も安心かな」

「レーヴァもでありますか？」

「うん。レーヴァも魔法攻撃以外にも近接戦闘するだろ。勿論、マーニのを一番に考えるけどね」

これは最近体術寄りな僕を含め、近接戦闘メインのマーニには特に重要な問題だ。

近接戦闘と言っても、ガチガチに重装甲に固めるのがいいわけじゃない。僕やマーニは、速さと技で戦うタイプだからね。今みたいな胸当てと籠手に脚甲という軽装甲じゃないと動きにくくて戦えない。

防御力が高く、尚且つ動きを阻害しない防具じゃないといけないいんだから。

とは言っても、現状の胸当ては能力的に問題ないだろう。ブーツも俊敏性を強化し、空中に魔力障壁を一瞬発生させる事で、空中を足場に立体機動を可能としてある逸品だ。手を加えるとすると、籠手と脚甲だろうな。

何せ僕、ソフィア、マリアの鎧の性能は折り紙付きだ。

【嵐魔《らんま》の軽鎧（風水属性）】
風魔法耐性・水魔法耐性・水魔法強化・風魔法強化・俊敏強化・魔力強化
『サイズ自動調整』『温度自動調整』『装備重量軽減』『自動修復』

【焔土《えんど》の軽鎧（火土属性）】
火魔法耐性・土魔法耐性・火魔法強化・土魔法強化・攻撃力強化・防御力強化

『サイズ自動調整』『温度自動調整』『装備重量軽減』『自動修復』

［迅雷《じんらい》の軽鎧（風雷属性）］
風魔法耐性・雷魔法耐性・雷魔法強化・風魔法強化・俊敏強化特大
『サイズ自動調整』『温度自動調整』『装備重量軽減』『自動修復』

そして水属性と土属性に適性のあるマーニにも当然、お揃いの軽鎧を渡してある。

［泥魔《でいま》の軽鎧（水土属性）］
水魔法耐性・土魔法耐性・水魔法強化・土魔法強化・俊敏強化・防御力強化）『サイズ自動調整』『温度自動調整』『装備重量軽減』『自動修復』

僕達の軽鎧は、時々強化素材が手に入るたびに強化しているし、付与魔法の腕前も上がったので、現状ではこれ以上の防具はないだろうからね。

さて、イジるなら籠手かな。どんなふうにしようかな。

32　色々試してスキルアップ

工房での作業は、デザインから製作へと移っていた。

レーヴァとどの武器を試作するか話し合ったんだけど、せっかくだから使う使わないを考えず、色々造りたい物を造ってみようという事になった。

まずは、バトルアックス。

斧刃には、重量はあるが硬いアダマンタイト合金を使用。斧刃の反対側に15センチほどのピック、斧刃と絶妙なラインを描く持ち柄にはマーニの魔力撃を補助する魔晶石が埋め込まれている。長柄武器以外で斧といえばこれだろうという、オーソドックスなタイプだと思う。

次はレーヴァが造った奇天烈な武器。

60センチくらいの刀身の斧に、直接持ち手が付き、さらに鎖で繋がれた小ぶりの刃だけの斧。この大小二つの斧を時には投擲して戦う。使い手を選ぶ武器だ。

三つ目は、僕が造った巨大な三日月状の刃物のオバケ。

当初、60センチくらいの刀身の斧を、二つくっ付けた感じを考えていたが、最終的に出来上がったのは、三日月状の巨大な柄のない斧。もう斧と呼んでいいのかどうか分からない。

調子に乗りすぎたのは認めるよ。ああ、やりすぎたさ。

アダマンタイト合金製のこの武器は、全長が1メートル20センチ、刃幅も一番広い所で二十五センチある。勿論、斧故に刃の厚さもそれ相応にあり、これの重量も当然半端ないものになってしまった。

この斧刃にも四つの魔晶石が埋め込まれ、その魔晶石と持ち手を繋ぐように、幾何学模様が刻まれている。

普通に考えたら色っぽいお姉さんタイプのマーニには、イカツすぎる武器だし、そもそも扱えるのか？　と心配になるものだけど、実はこの程度の重量なら、マーニだけじゃなく、ルルちゃんでも普通に振り回すんだよね。

流石に、これを見たマーニは困った顔をしていた。

今までの戦闘スタイルとかけ離れてるからね。頭の中でイメージトレーニングしているみたいだ。

四つ目は、レーヴァが造ったハルパーに似た武器が二本。

鉤爪のような形状の内刃に、柄には僕がしたように魔晶石が埋め込まれている。

当初のコンセプトとは違い、これは形状の変わった剣が二本って感じかな。

とりあえず武器は、この四つ。

次に、僕は籠手の改造をした。

大型の魔物を相手にする事が多いので、戦闘のスタイル的にもマーニが盾を持つ事はなかった。

僕達の中で、盾を使うのはソフィアか僕、そしてタイタンくらいだ。

一応、試作だが、籠手と小さな盾を融合させた。

もともとの籠手自体が、剣や槍を捌いたり受け止められる防御力を持っていたのを、さらに分厚く頑丈に、それこそ振り回せば鈍器として武器に出来そうなモノを造ってみた。

まあ、これはあくまで試作だから、マーニが前のままの方がいいならボツにするつもりだ。

◇

「じゃあ、順番に試してみてくれるかな」

「はい。分かりました」

マーニに、僕とレーヴァの造った武器の評価試験をしてもらうため、訓練所で即席で造ったマッドゴーレムを相手してもらう。

マーニが二本のバトルアックスを持ち駆け出す。

時間制限のある即席のマッドゴーレムなので、その能力は高くない。でも他の土属性魔法を使う人から言わせれば、僕の使役したゴーレムは、動きが滑らかで速いらしい。

振り下ろす腕をかい潜り、マーニが斧刃を叩きつける。

二本のバトルアックスの乱打によって、僕の造ったマッドゴーレムが土塊に戻るのは直ぐだった。

「タクミ様、次をお願いします！」

「了解」

僕はマーニのリクエストに応えてマッドゴーレムを追加する。

その後、二体同時に出したりして、バトルアックスの使い勝手を試してもらう。


「どうだった？」

「はい。途中、斧術スキルを習得してからは、短剣術とは比べものにはなりませんが、扱い方のコツみたいなのもは掴めたと思います」

「使えそう？」

「バトルアックスを使う冒険者は、時折見かけますからイメージしやすいです。これなら少し実戦も含めて訓練すれば、使い物になるレベルまでスキルを磨けると思います」

「オッケー、じゃ、次はレーヴァが造った武器を試してくれるかな」

「分かりました」

レーヴァの造った大小二つの斧刃を鎖で繋いだような武器も、一応斧術の範疇《はんちゅう》だったらしく、マーニは最初からそれなりに使ってみせた。

「……難しいですね」

「……で、ありますな」

「だろうね。じゃあ次いってみようか」

驚いた事に、巨大な三日月状の刃物を、この世界のシステムは、斧として定義しているらしい。斧術スキルによって、大重量のアダマンタイト合金の塊を振り回せば、マッドゴーレムなど一撃で粉砕された。

次々とマッドゴーレムを粉砕するマーニ。何だか気持ち良さげだ。

「どうかな？」

「今までの戦闘スタイルとはかけ離れていますが、これはアリですね。楽しいです」

「そう、じゃあラストのハルパーを試してみようか」

「はい」

ハルパーの二刀流は、マーニに言わせれば短剣術スキルらしく、少しの時間で適応していた。

結果的にマーニの意見は、ハルパーを除いた三種類の武器を、もうしばらくの間試してみようという事になった。

どの武器も斧術スキルで扱えるのなら、全部使ってもいいと思う。

さて、僕も籠手を試してみようかな。

◆

そこは、嘗てシドニア神皇国と呼ばれていた国の、辺境の一都市。

ゴートストタウンと化したこの街の外れに、今にも崩れ落ちそうなほどボロボロだった廃教会があった。

そう、嘗てはボロボロだった。

今では、崩れた壁や屋根は修復されていた。

その建物の色が、神聖な光属性を表す白い色から、燻《くす》んだ灰色に変わっている事を除けば、荘厳な雰囲気を感じる教会なのだろう。

その教会の奥、祭壇のあった場所には、教会の天井を突き抜ける、肉塊の大樹がそびえ立っていた。

幼い子供の粘土細工のように、出鱈目《でたらめ》に人や魔物の顔や手足が無数に付けられたような、その肉塊の大樹に抱かれている黒い幼子。

邪精霊アナトのカケラから生まれ、御子と呼ばれて崇められていた。

その肌は黒いが、人の幼子のような姿をしているこの御子も、やはり人とはかけ離れた存在だと、その成長の速度で分かる。

肉塊の大樹に抱かれているその身体は、既に三歳児程度まで大きくなっていた。

そこへ近づく、五つの影があった。

「ホッホッホッ、御子は今日も健やかに成長しておるようじゃな」

「オウ！　喜ばしい事だ！」

「成長されるのが楽しみだぜ」

最初に話した老人のような容姿の男に、くぐもった太い声を上げるのは馬の頭をした男、ライオンの頭の男である。ライオンの頭の男は四本の腕を生やしている。

「お前達、御子の御前で騒がしいぞ」

「そうよ。御子の眠りを妨げないでくれるかしら」

三人を、眼鏡をかけた壮年の男と、妖艶な美しい女性が窘める。

「ホッホッ、それはイカンの」

「ああ、つい大きな声を出してしまった」

「うむ、御子の眠りを妨げるなど、本意ではないからな」

肉塊の大樹の前に集ったこの五人は勿論、人間でもなければ、獣人族、エルフでもなく、魔族でさえない。肉塊の大樹が、アナトのカケラが赤子を産み出す前に、その赤子を護るために創出した存在だった。

老人のような容姿をしている者の名は、アガレス。その者は、神光教で司祭の地位にあった人間を核にして誕生した。

二メートル半ほどの人の巨体に馬の頭をしている者の名は、ガミジン。元樵《きこり》の男を核として産み出された存在で、巨大な斧を背負っている。

ガミジンと変わらぬ体格に、ライオンの頭に四本の腕を組んで立つのがマルパス。元神殿騎士だった男を核に生まれた武人であり、両の腰に二本ずつ四本の剣を佩《は》いている。

その三人を窘めた、眼鏡をかけた文官の男がブエル。この街が廃墟となる前、代官だった人間が核となって生まれた。この中では、アガレスと共にまとめ役となっている。

そして紅一点の妖艶な美しい女は、グレモリー。この街の娼館の娼婦だった女が核となり産み出された。その容姿は美しく妖艶で、肌が黒くなければ人と変わらない姿だった。

「御子の成長は順調のようね」

「うむ、年甲斐もなくはしゃいでしまうほどに順調に育たれておる」

グレモリーが肉塊の大樹に抱かれている御子を見て言うと、アガレスも頷きそれを肯定する。

「順調だとはいえ御子が成長されるには、まだまだ時が必要だ。それまで我らは力を溜めねばならぬ」

「ああ、外の世界の奴らをギタギタにしてやるさ」

「おお、我らが御子に仇《あだ》なす奴らは皆殺しだ」

ブエルが雌伏の時だと言うと、ガミジンとマルパスが闘志をたぎらせる。

ガミジンが「外の世界」と表現したように、現在のこのゴーストタウンには、バエルとアガレスにより結界が張られている。

結界の強度自体は、それほど強固なものではないが、外界と街の中では決定的に違う事があった。

それは、結界の中に溢れる瘴気だ。常人ならば数分で発狂して死に至るほどの瘴気が、この街を護っているのだ。

大陸の片隅で、順調に邪の気配は育っていた。

女神の加護を受けた貴族家三男の
勝手気ままな成り上がりファンタジー!

命を落とした青年が死後の世界で出会ったのは、異世界を統べる創造神!? 神の力で貴族の三男アルラインに転生した彼は、スローライフを送ろうと決意する。しかし、転生後も次々にやって来る神々に気に入られ、加護てんこ盛りにされたアルラインは、能力が高すぎて人外認定されてしまう。そこに、闇ギルドの暗殺者や王国転覆を企むおバカな貴族、神に逆らう悪魔まで登場し異世界ライフはめちゃくちゃに。——もう限界だ。僕を邪魔するやつは、全員断罪します! 神に愛されすぎた貴族家三男が、王国全土を巻き込む大騒動に立ち向かう!

●定価:1320円(10%税込) ISBN 978-4-434-29622-2 ●illustration:はま

「銀座編」開幕!!
累計630万部(電子含む)突破!
ゲート SEASON1～2
大好評発売中!
漫画
最新20巻
12月16日刊行!
※地域によって流通が遅れる可能性があります。
SEASON1　陸自編
単行本
●本編1～5／外伝1～4／外伝+
●定価:本体1,870円(10%税込)
文庫
●本編1～5〈各上・下〉／
外伝1～4〈各上・下〉／外伝+〈上・下〉
●各定価:本体660円(10%税込)
漫画
漫画:竿尾悟
●1～19(以下、続刊)
●各定価:本体770円(10%税込)
SEASON2　海自編
単行本
●本編1～5
●定価:本体1,870円(10%税込)
文庫
●本編1～3〈各上・下〉
●各定価:本体660円(10%税込)

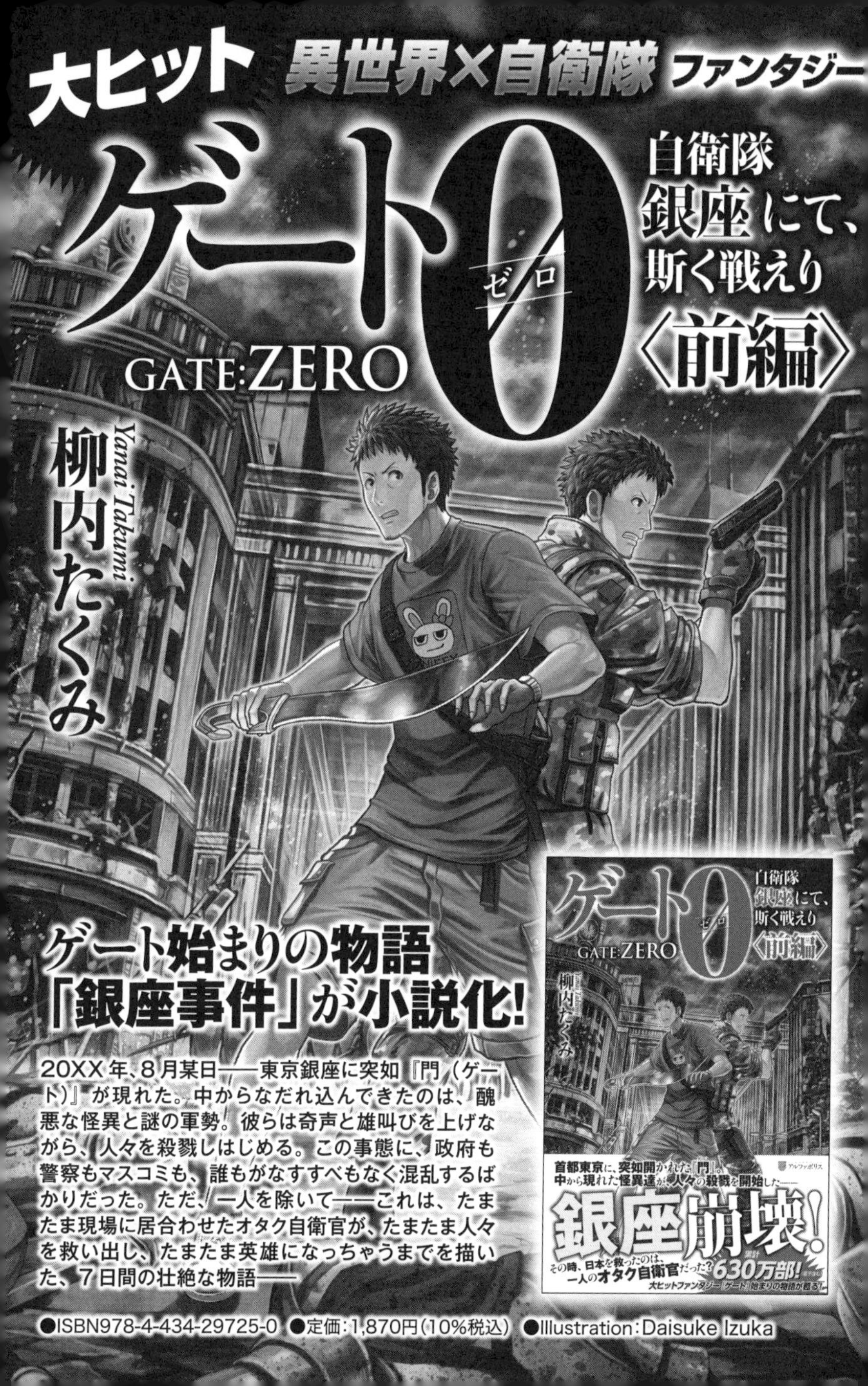
大ヒット 異世界×自衛隊 ファンタジー
ゲート0《ゼロ》
GATE:ZERO
自衛隊
銀座にて、
斯く戦えり
〈前編〉
柳内たくみ
Yanai Takumi
ゲート始まりの物語
「銀座事件」が小説化!
20XX年、8月某日——東京銀座に突如『門（ゲート）』が現れた。中からなだれ込んできたのは、醜悪な怪異と謎の軍勢。彼らは奇声と雄叫びを上げながら、人々を殺戮しはじめる。この事態に、政府も警察もマスコミも、誰もがなすすべもなく混乱するばかりだった。ただ、一人を除いて——これは、たまたま現場に居合わせたオタク自衛官が、たまたま人々を救い出し、たまたま英雄になっちゃうまでを描いた、7日間の壮絶な物語——
ゲート0
自衛隊
銀座にて、
斯く戦えり
〈前編〉
GATE:ZERO
柳内たくみ
首都東京に、突如開かれた『門』。
中から現れた怪異達が、人々の殺戮を開始した——
銀座崩壊!
その時、日本を救ったのは、
一人のオタク自衛官だった?
630万部!
大ヒットファンタジー「ゲート」始まりの物語が甦る!
アルファポリス
●ISBN978-4-434-29725-0 ●定価：1,870円（10%税込） ●Illustration：Daisuke Izuka

この作品に対する皆様のご意見・ご感想をお待ちしております。
おハガキ・お手紙は以下の宛先にお送りください。

【宛先】
〒150-6008 東京都渋谷区恵比寿 4-20-3 恵比寿ｶﾞｰﾃﾞﾝﾌﾟﾚｲｽﾀﾜｰ 8F
（株）アルファポリス　書籍感想係

メールフォームでのご意見・ご感想は右のＱＲコードから、
あるいは以下のワードで検索をかけてください。

アルファポリス　書籍の感想　検索

ご感想はこちらから

本書はWebサイト「アルファポリス」（https://www.alphapolis.co.jp/）に投稿されたものを、改稿、加筆のうえ、書籍化したものです。

いずれ最強《さいきょう》の錬金術《れんきんじゅつ》師《し》？ 11

小狐丸（こぎつねまる）

2021年 12月31日初版発行

編集－芦田尚
編集長－太田鉄平
発行者－梶本雄介
発行所－株式会社アルファポリス
〒150-6008 東京都渋谷区恵比寿4-20-3 恵比寿ｶﾞｰﾃﾞﾝﾌﾟﾚｲｽﾀﾜｰ8F
TEL 03-6277-1601（営業）　03-6277-1602（編集）
URL https://www.alphapolis.co.jp/
発売元－株式会社星雲社（共同出版社・流通責任出版社）
〒112-0005東京都文京区水道1-3-30
TEL 03-3868-3275
装丁・本文イラスト－人米
装丁デザイン－AFTERGLOW
印刷－中央精版印刷株式会社

価格はカバーに表示されてあります。
落丁乱丁の場合はアルファポリスまでご連絡ください。
送料は小社負担でお取り替えします。

ISBN978-4-434-29728-1 C0093